IN AGGUATO
LO SGUARDO DEL LUPO LIBRO DUE

KATE RUDOLPH

TRADUZIONE DI
GAIA BORDANDINI BALDASSARRI

IN AGGUATO

Volano scintille quando un ex soldato e licantropo interviene a proteggere la sua splendida compagna.

Quando uno strano mostro minaccia Em, lei ha bisogno di aiuto. Ma quando l'oscuro e misterioso Andre interviene a proteggerla, Em si convince che starebbe meglio da sola. È troppo attraente perché averlo intorno sia un bene.

Il suo corpo lo desidera disperatamente, ma lei non vuole cedere il suo cuore.

Quando il mostro spettrale intensifica gli attacchi, Em non può sopravvivere senza l'aiuto di Andre. Ma la bestia potrebbe risultare troppo potente anche per un licantropo. Come può Andre combattere un mostro che scompare nel nulla?

Ancora più difficile è convincere una donna ostinata che lui è il suo compagno predestinato. Andre dovrà trovare il modo prima che la magia malevola li divida.

Entra nel mondo de *Lo Sguardo del Lupo* dove alcuni ex soldati, ora guardie del corpo, sono misteriosamente diventati lupi mutaforma che in missione troveranno le loro compagne predestinate.

1

CAPITOLO UNO

L A PELLICCIA DI ANDRE ERA FRADICIA E LE SUE ZAMPE COPERTE di terriccio. L'odore della pioggia permeava l'aria, nascondendo la preziosa preda che lui sapeva ormai accerchiata nella foresta intorno a lui. Il branco correva nel fango come se niente fosse. Rowe urtò Erin Jackson, facendola inzuppare ancora di più. Willa Hunter seguiva Vega da vicino.

Anche Stasia e Owen probabilmente si stavano dando da fare nel loro branco ristretto.

Gibson era in testa e li guidava tutti, e Andre avrebbe dovuto sentire il richiamo della famiglia. La forza del loro legame era ciò che li teneva uniti dopo il modo misterioso in cui tutti loro erano diventati licantropi. Ma quella sera, Andre non la sentiva.

Sentiva solo il freddo e il fango e voleva rannicchiarsi in un posto caldo e dormire.

Non doveva essere il solo. Il terreno della fattoria di

Gibson si estendeva su ettari di terra selvaggia in Pennsylvania e loro avrebbero potuto correre per chilometri senza il rischio di essere scoperti da qualcuno. Ma le luci della fattoria erano in vista attraverso i fitti alberi, e prima Willa Hunter, poi Rowe ed Erin Jackson abbandonarono la caccia e si diressero al riparo.

Andre non li seguì immediatamente. Non voleva sembrare troppo impaziente, anche se quella era una cosa che non avrebbe mai ammesso ad alta voce. Era un maledetto lupo mutaforma.

E i lupi non indietreggiavano davanti a un po' di maltempo.

Ma aveva fatto le sue esperienze nell'esercito e conosceva tutto il disagio e la fatica che ne derivavano. Non era importante in quale delle sue forme fosse, se umana o animale, voleva solo essere *pulito* e *asciutto*. Preferibilmente in un letto comodo.

Qualunque fosse la ragione che lo tratteneva, alla fine Andre lasciò perdere e si avviò verso la casa, con le zampe che sguazzavano nel fango. Accelerò l'andatura, lasciando che i muscoli si contraessero in falcate che nessun corpo umano avrebbe potuto eguagliare.

Forse la pioggia non era così male.

La corsa si interruppe una volta raggiunto il patio coperto dietro la fattoria. Si scosse come meglio poteva, cercando di non pensare a quanto dovesse assomigliare al suo cane di quando era bambino, e si avvicinò alla vetrata scorrevole.

Prima che potesse entrare Erin Jackson gli sbarrò la

strada, con una mano tesa davanti a sé e l'altra che teneva chiuso l'accappatoio indossato dopo la muta che l'aveva riportata in forma umana. "Il maggiore ti ucciderà se sporchi di fango i suoi pavimenti."

Andre sbuffò, emettendo un suono che *non* era propriamente un lamento, ma arretrò dalla vetrata e prese un profondo respiro prima di lasciar iniziare la muta. Il lupo si dissolse e lui assunse la posizione eretta da essere umano. La cosa migliore fu constatare che il fango era per lo più sparito.

Era nudo, ma Erin Jackson non si soffermò a guardarlo. Aveva occhi solo per un unico uomo, anche se nessuno nel branco sarebbe stato così stupido da dirlo ad alta voce. Una volta entrato in casa afferrò il suo accappatoio e lo indossò. Gli sembrava di avvertire ancora il fango tra le dita dei piedi, ma era solo una sensazione che non corrispondeva alla realtà.

"Willa è andata a prendere da mangiare," disse Erin, sollevando la sua bottiglia di birra e prendendone una bella sorsata prima di rimetterla sul suo sottobicchiere.

A quella notizia lo stomaco di Andre brontolò. Bene. Avrebbe potuto mangiare. A volte cacciavano in branco e se catturavano la preda non c'era bisogno di pizza, al ritorno. Non era una di quelle sere.

"La doccia è libera?" chiese. La casa era grande, ma abbastanza vecchia da avere solo due bagni, uno dei quali annesso alla camera da letto di Gibson. Nessuno era abbastanza coraggioso da usare quello senza il suo permesso. Il che lasciava sei adulti a dividersi un solo bagno. Era un bene che i soggiorni alla fattoria fossero solitamente di breve durata.

"Non sento scorrere acqua." Erin Jackson si sedette al suo posto e lasciò che lui andasse a scoprirlo da solo.

Fortunatamente in bagno non c'era nessuno ma Andre non perse tempo sotto il getto caldo. In vita sua aveva sperimentato la maledizione dell'acqua fredda un numero di volte sufficiente a non volerla infliggere ad altre persone.

Una volta lavato via tutto lo sporco reale e immaginario, Andre si diresse al piano di sopra, dove poteva già sentire l'odore pungente della salsa di pomodoro e del formaggio delle pizze che aveva portato Willa. Negli ultimi anni era diventata una tradizione. Correvano nei boschi e quando non riuscivano a catturare la loro preda terminavano la serata con pizze a volontà.

Una risata femminile esplose e riecheggiò per le scale prima di essere bruscamente interrotta da un gemito. A volte Andre malediceva i sensi un po' più acuti che gli derivavano dall'essere un licantropo.

Non portava rancore al suo amico perché aveva trovato una compagna. La scoperta della dottoressa Stasia Nichols da parte di Owen aveva permesso loro di comprendere in poche settimane più cose, su loro stessi e sulla loro trasformazione in licantropi, di quante ne avessero sapute nei due interi anni precedenti al suo ingresso nelle loro vite. E Owen, che era sempre stato socievole, era profondamente felice, in un modo che Andre non immaginava possibile per un essere umano.

Ma era così dannatamente allegro che a volte Andre voleva strappargli via dalla faccia quell'espressione soddisfatta.

Non era una bella cosa da pensare nei confronti del suo migliore amico, e non avrebbe mai osato dirlo ad alta voce. Ma non poteva fare a meno di pensarlo.

"Mi chiedo se ci sia bisogno di tenere da parte un po' di pizza anche per loro," disse Leland Rowe con un sorriso, urtando la spalla di Andre con la propria.

"Possono mangiarla fredda." C'era sempre cibo più che sufficiente. I licantropi mangiavano come bestie fameliche, ma Willa aveva la capacità di prenderne sempre abbastanza. Andre lanciò un'occhiata a Rowe, che indossava jeans stretti e una camicia decorosa. "Vai da qualche parte?"

Rowe fece un gran sorriso. "Sto provando un nuovo bar in città. Sei il benvenuto se vuoi unirti a me. Ci sono parecchie donne sole, qui in aperta campagna. E l'alcol costa poco."

Entrambe le cose erano vere, ma Andre desiderava un letto morbido più intensamente di un morbido paio di cosce, in quel momento. Rowe sembrava sempre alla ricerca di una festa quando non era in servizio. "Divertiti."

"Chiama, se sei troppo ubriaco per guidare," aggiunse Erin Jackson. Era salita dal piano di sotto mentre Andre faceva la doccia e ora si stava servendo la sua porzione di pizza.

Rowe alzò gli occhi al cielo. "Anche con gli alcolici a

poco prezzo che ci sono lì non ho abbastanza soldi per rimanere sbronzo a lungo. Stupida magia dei licantropi," brontolò accigliato.

"Ricordati di averlo detto la prossima volta che guarisci in pochi istanti da una ferita da arma da taglio," ribatté Andre. Potevano guarire in poco tempo da quasi tutto, purché non ci fosse argento. E fortunatamente le armi d'argento erano poche e difficili da reperire.

Rowe fece un verso sprezzante, afferrò una fetta di pizza e uscì dalla porta principale.

Andre riempì un piatto per sé e si sedette al bancone accanto a Erin e Willa.

"Dovremmo preoccuparci?" chiese Erin. Guardò verso la porta per un lungo momento prima di rimettersi a mangiare.

Willa non disse nulla. Era sempre silenziosa.

Andre scrollò le spalle. "È un ragazzo grande. Sa badare a se stesso."

"Non hai visto quanto vomito è riuscito a sputare sul pavimento del pick-up." Erin rabbrividì.

"Non hai pulito, vero?" Erin Jackson era puntigliosa sul rispetto delle regole, ma nemmeno lei poteva arrivare a tanto. Giusto?

"Io non pulisco." Il suo tono era gelido, e Andre si segnò mentalmente quell'informazione. Non voleva prenderla per il verso sbagliato.

Quello era un bene, comunque. Rowe poteva fare i suoi casini, ma poi doveva essere lui a pulire e sistemare tutto.

Gibson e Vega salirono qualche minuto più tardi. Erin porse a Gibson un piatto strapieno di pizza, che lui accettò con un sorriso.

"Dov'è il mio piatto?" chiese Vega, guardando speranzoso Erin e Willa.

Willa Hunter grugnì. "Fattelo da solo."

Le sue spalle si incurvarono per la delusione, ma Vega obbedì.

Quella era la sua famiglia, rifletté Andre. Nel bene e nel male. E una serata come quella faceva parte dei momenti *migliori*.

"Hai sentito come sta andando il tour di Mercy?" chiese Erin con ingannevole disinvoltura. Mercy era meglio conosciuta come Emerald Selby, una delle sorelle minori di Stasia e una delle più grandi rockstar del pianeta.

Qualcosa sussultò nelle viscere di Andre. No, non il suo stomaco. Parecchio più in basso.

Ma il suo sesso non aveva intenzione di prestare attenzione a quella... *donna*. Si erano scontrati, quando si erano visti qualche settimana prima, e non aveva alcun desiderio di ripetere l'esperienza.

Non importava cosa ne pensassero le sue parti intime.

"Stasia non ha detto niente," rispose in tono brusco. "Perché, volevi dei biglietti?" Quella domanda risultò più tagliente del necessario.

Erin arrossì e si curvò un po' sulla sua panca. "Se li volessi, li comprerei."

Il maggiore sentì il loro scambio di battute e lanciò un'occhiataccia ad Andre. "Ti si è infilato qualcosa su per il culo?" chiese Gibson.

"No, maggiore." Ma Andre prese il suo piatto e si diresse verso la camera da letto che divideva con Vega e Rowe.

Non aveva voglia di parlare di rockstar capricciose che glielo facevano diventare duro. Aveva già abbastanza cose di cui occuparsi in quelle giornate.

2

CAPITOLO DUE

EM ERA STANCA, DI QUEL TIPO DI STANCHEZZA CHE LA prendeva solo quando era in tour. Una spossatezza profonda nelle ossa rendeva tutte le sue membra pesanti, e ogni esibizione era un allenamento faticoso che le faceva dolere i muscoli. Erano passate solo poche settimane da quando era in giro attraverso gli Stati Uniti e il suo corpo non si era ancora adattato. Nel giro di un'altra settimana sarebbe stata bene.

O almeno lo sperava.

Ma non poteva fare a meno di provare l'opprimente sensazione che ci fosse qualcosa di strano in quel tour. Sembrava esserci qualcosa di sbagliato.

O forse si trattava solo di lei. Em era nascosta in un ripostiglio sperando di riuscire a concedersi cinque minuti di privacy prima che arrivasse qualcuno a cercarla per condurla al suo prossimo impegno. Era abbastanza sicura che si trattasse del controllo del suono.

Almeno aveva a disposizione cinque giorni interi in città, anche se tre erano già passati. In realtà non era nemmeno sicura di *quale* città fosse. Trascurabili dettagli come quello passavano in secondo piano quando rimbalzava da una località all'altra ogni giorno.

Partire per un tour le era sembrato affascinante quando era una giovane star. Era un modo per sperimentare il tipo di vita che non aveva mai immaginato di poter avere.

No, era una bugia. Lei era una Selby. Poteva condurre qualsiasi tipo di vita volesse. Dato il suo status, non era necessario infliggersi tabelle di marcia estenuanti.

Ma quella era la vita che aveva scelto.

Em gemette e si appoggiò al muro. Si era addentrata in un labirinto di scaffali stipati di prodotti per le pulizie. Se uno dei giornalisti che seguivano il tour l'avesse scovata lì, avrebbe probabilmente pensato che si stesse sballando con qualcosa e avrebbe messo la storia online nel giro di un'ora. Ma non avrebbe fatto molta strada prima che l'addetto stampa di Em avesse una contronarrazione pronta a partire. Quel tipo di vita non le era mai stato davvero congeniale.

E lei non voleva che circolassero voci. Col nuovo album appena uscito, che non stava andando bene come ci si aspettava, non poteva permettersi stampa diffamatoria indipendentemente da quanto fosse bravo il suo addetto. Anche se la sua casa discografica avrebbe probabilmente osservato che qualsiasi tipo di stampa poteva risultare utile.

Avrebbe avuto una storia col botto per i giornalisti. Come l'avrebbero presa se avesse detto loro che sua sorella era un licantropo?

Quel pensiero la fece scoppiare a ridere. Già, non aveva intenzione di parlare con nessuno della nuova condizione di Stasia. Quella storia avrebbe decisamente fatto pensare alla gente che lei si drogava.

Se Em non fosse stata nel suo camerino avrebbe dovuto affrontare domande fastidiose. Doveva essere lei a comandare. Era ciò che si aspettavano tutti quando pensavano a una rockstar in tour. Ma Melinda e il suo esercito di assistenti molto efficienti avevano molta più voce in capitolo su ciò che succedeva, rispetto ad Em.

Premette l'orecchio contro la porta e ascoltò attentamente per un momento. Ma la porta era spessa e non le giungeva alcun suono. Piuttosto che aspettare ancora, Em sgattaiolò fuori dal ripostiglio e si diresse verso il suo camerino.

Era grata del fatto che alloggiassero in un hotel direttamente collegato al centro congressi dove si esibiva. Ciò significava che il posto brulicava di fan, ma almeno lei non aveva bisogno di uscire dall'edificio per nessuna ragione. Questo la faceva sentire più al sicuro del solito.

Non che si fosse mai trovata realmente in pericolo. Aveva sostenitori urlanti, alcuni anche ossessionati, e in giro si trovavano dozzine di fanfiction. Ma la squadra di sicurezza la teneva al sicuro, e lei non aveva mai percepito i fan come un pericolo per se stessa.

Da quel punto di vista era fortunata. Aveva sentito storie orribili da parte di alcuni amici che si rivolgevano a un pubblico un po' più giovane e rabbioso. Ma Em aveva deciso di diventare una rockstar, non una popstar, e questo comportava una base di fan leggermente diversa.

Almeno così diceva la casa discografica.

C'erano decine di persone che si aggiravano nei corridoi facendo del loro meglio per preparare il palco per il concerto. Avevano avuto il privilegio di lasciare montato il palco tra uno spettacolo e l'altro, il che significava che erano tutti un po' più rilassati del solito. Tappe come quelle rappresentavano quasi delle mini vacanze. Ma da Em ci si aspettava che si prestasse a incontri, saluti e altri eventi anche quando non era impegnata nelle esibizioni.

Era la vita che aveva scelto, ricordò a se stessa. Non poteva lamentarsi.

Almeno, non ad alta voce. Ma era giunto il momento di fare una telefonata a Stasia e lasciare che fossero le orecchie di sua sorella a subire tutte le sue rimostranze. Inoltre Em era curiosa di sapere come stava procedendo la nuova vita da licantropo. Se aveva mai pensato che essere una rockstar fosse speciale, Stasia l'aveva fatta ricredere superandola di gran lunga.

Em si intrufolò nel suo camerino. Non sarebbe passato molto tempo prima che i truccatori e i costumisti si presentassero per prepararla per la serata. Ma lei aveva ancora tre minuti per sé. Si accasciò sulla sua sedia e guardò il ripiano di fronte allo specchio. All'inizio non capì cosa stesse vedendo.

Avrebbe dovuto essere coperto di trucchi e gioielli e di tutto ciò di cui avesse avuto bisogno per trasformarsi nel suo alter ego Mercy, la sensazionale stella del rock.

Ma il ripiano era vuoto. Vuoto e segnato da profonde scanalature. Em allungò una mano per toccarle, affondando le dita giù nella polpa del legno. Non si trattava di decorazioni. Sembrava che un animale selvatico fosse entrato e avesse danneggiato il ripiano.

Un licantropo.

Quel pensiero si affacciò in fondo alla sua mente. Sarebbe stato assurdo se non ne avesse giusto incontrato un branco poche settimane prima. Il suo battito cardiaco accelerò e lei si girò guardandosi intorno, lanciando occhiate rapide in ogni angolo nel tentativo di scovare la minaccia.

Ma era sola nel camerino.

Era una specie di scherzo? Qualcuno si stava divertendo a sue spese? Non potevano sapere di Stasia. Né di Owen, o Andre, o Rowe o nessun altro di loro. Lei non aveva detto una parola. Anche se forse uno degli assistenti o uno dei membri della band poteva averla sorpresa a consultare le pagine di Wikipedia per cercare di saperne di più sui lupi.

No.

Uno dei suoi costumi era a terra, ed Em si chinò a

raccoglierlo. Era a brandelli. Alcuni dei suoi abiti di scena avevano buchi disposti ad arte per lasciar vedere la sua pelle o parte del suo incarnato attraverso l'approssimazione di un tessuto a rete, ma quello che aveva raccolto non era un costume appositamente creato così. Appoggiò la parte superiore sul ripiano e vide che gli strappi nella stoffa corrispondevano alle scanalature del legno.

Artigli malefici. Poteva quasi immaginarli.

Le mani cominciarono a tremare e un urlo le si strozzò in gola senza che lei potesse articolarlo. Era troppo consapevole di tutte le persone fuori dal camerino che sarebbero accorse se solo avesse emesso un suono.

E non poteva permettere che quell'informazione finisse sui giornali scandalistici.

Con le mani tremanti prese il cellulare, cercò il numero di Stasia e lo compose, pregando e sperando che la sorella rispondesse. Ci vollero parecchi squilli ma alla fine lo fece.

"Ehi! Non dovresti essere sul palco?" chiese Stasia, e dalla sua voce traspariva chiaro un sorriso.

"Ho bisogno del tuo aiuto." Em non perse tempo in chiacchiere. "Credo di avere un problema che coinvolge dei licantropi."

3
CAPITOLO TRE

"È mia sorella, devo andare." Stasia camminava avanti e indietro nel soggiorno della fattoria mentre il branco osservava i suoi movimenti. Lanciò uno sguardo impotente al suo compagno, implorando il suo appoggio.

Ma Owen aveva stampata in viso un'espressione insolitamente cupa. "Stasia..." Qualunque cosa sentisse il bisogno di dire, non riusciva a formulare le parole.

"Non sei abbastanza equilibrata," disse Andre, salvandolo dall'infliggere il colpo da solo. Stasia gli piaceva. Gli piaceva davvero. Era perfetta per Owen. Ma era stata trasformata in licantropo solo da poco più di un mese, e non aveva ancora un controllo saldo sulla sua muta. Date le probabilità che le videocamere brulicassero intorno ad Em, non potevano rischiare che Stasia tradisse il loro segreto. E come se non bastasse, lei stessa non avrebbe voluto esporsi ai riflettori.

Ma era irremovibile. "Ho tutto sotto controllo. Sono un medico. Se *non* avessi il controllo di me stessa la gente morirebbe." Un lampo di luce dorata le passò negli occhi mentre pronunciava quelle parole, e le labbra si ritrassero a rivelare denti troppo appuntiti.

Andre sollevò le sopracciglia come se ciò bastasse a replicare. Un po' di luce negli occhi non li avrebbe traditi, ma era solo il primo passo. E se le fossero fuoriuscite le zanne? O le fossero spuntati gli artigli? E se si fosse trasformata del tutto? Non disse niente di tutto ciò ad alta voce, e non ce n'era bisogno. Owen le afferrò una mano e fermò il suo nervoso andirivieni.

"È mia sorella. Ha bisogno di aiuto." Stasia sembrava disperata.

"Potrei andare io," intervenne Bryan Vega dalla sua postazione sul divano in un angolo della stanza.

"No," fu la risposta unanime da tutti i presenti.

"Non abbiamo bisogno di un altro membro accidentale per il branco," disse Leland Rowe lanciando un'occhiataccia al giovane lupo.

"È successo *una* volta sola. E mi avevano sparato," protestò Vega, con un'espressione profondamente indignata sul volto.

"Questo non cambia i fatti," disse Gibson. Il maggiore li osservava, passando su tutti loro un impassibile sguardo indagatore mentre cercava la soluzione migliore.

"Io sono libero da impegni," si offrì Rowe con un sorriso.

Andre represse un ringhio in fondo alla gola. Rowe era un'ottima guardia del corpo. Anche se era un festaiolo. Poteva occuparsi di quel lavoro con successo. Ma Andre non lo voleva intorno ad Em.

E come mai?

Lui non aveva alcun diritto su quella donna. Non gli piaceva nemmeno. Era, al massimo, una conoscente alla lontana. Non le doveva niente. E avrebbe solo dovuto essere contento che Rowe volesse andare a risolvere la questione.

Ma Andre era tutt'altro che felice.

"Lo farò io," disse, prima ancora che il pensiero prendesse compiutamente forma nella sua mente.

Questo tranquillizzò tutti. Gibson gli rivolse uno sguardo indecifrabile. "Potrebbe funzionare," disse con cautela.

"Mi ero già offerto io," lo sfidò Rowe con irritazione. Gelò Andre con uno sguardo cupo come se gli avesse sottratto un pasto particolarmente succulento.

"Sto facendo valere il mio grado." Non facevano spesso affidamento sui loro gradi militari. Le cose si erano fatte molto strane dopo che erano stati cacciati dall'esercito, al punto che aggrapparsi alla vecchia gerarchia non aveva alcun senso. Erano tutti uguali in fatto di conoscenze sui licantropi. Tranne quando si trattava di Gibson. Non ne sapeva necessariamente più di loro, ma ormai era il loro ufficiale in comando. Era difficile declassare un comandante anche se da anni fuori servizio.

Naturalmente la questione della gerarchia non sarebbe stata sufficiente a convincere Gibson. "Io non sono un fan sfegatato," disse Andre per far valere le sue ragioni. "Non sono nemmeno sicuro di aver mai sentito una delle canzoni di Em. Non mi faccio abbagliare dalla celebrità. Posso restare concentrato sul caso." Anche se il fatto che si stesse promuovendo con tanto impegno per ottenere l'incarico avrebbe potuto dimostrare il contrario.

"Dici?" Rowe lo fulminò con lo sguardo, e Andre si sentì vagamente preoccupato dalla possibilità che finissero per venire alle mani. Perché Rowe desiderava tanto quel lavoro? "E il solo fatto di aver chiacchierato con lei di musica non significa che io sia un fan sfegatato. Chi diavolo parla in questo modo?"

Andre sapeva di mostrarsi troppo battagliero. Normalmente non si scaldava tanto per nessuna questione, e certamente non lasciava trasparire i suoi desideri. Ma ora che si era offerto, voleva essere lui ad andare là fuori a proteggere Em. C'era una specie di minaccia soprannaturale e lui doveva portarla allo scoperto e allontanarla da lei. Era già stata trascinata per metà in quella vita quando sua sorella era stata trasformata in un lupo mutaforma proprio davanti a lei. Tenerla al sicuro era il minimo che le dovessero offrire.

Non importava che Andre fosse infastidito da lei. Non importava che fossero entrati in conflitto l'unica volta che si erano incontrati.

Non importava che lui fosse stato a tre secondi dal baciarla.

Respinse quel pensiero. Era irrilevante.

Aveva un lavoro da fare.

"Cosa ti ha detto?" chiese a Stasia voltandosi verso di lei. La telefonata tra le sorelle non era stata lunga. Ed Em era stata fortunata. Solo Erin e Willa erano partite per tornare in città. Lui, Gibson, Stasia, Owen, Rowe e Vega erano ancora alla fattoria e pronti a discutere del lavoro. Potevano agire rapidamente.

Parte dell'energia nervosa di Stasia si sciolse mentre parlava. "Ha trovato qualcosa che sembrava essere stato fatto a pezzi da un licantropo. Sembrava impaurita. Ma poi l'hanno chiamata a fare il controllo del suono. Stasera c'è un concerto."

Ad Andre venne quasi da ridere, ma si trattenne. Sembrava che qualcuno avesse fatto ad Em uno scherzetto e che lei si fosse spaventata. "Non ha una sua squadra di sicurezza?"

Lei annuì. "Sì. Li ho incontrati. Sono una buona squadra. Ma non sanno niente di noi." Stasia si guardò intorno nella stanza. "Ed Em non rivelerà il segreto. Non so se ci sia davvero qualcosa che la minaccia. Ma lei non è un'isterica. È la persona più equilibrata che abbia mai conosciuto."

"Esiste qualcosa di simile a una rockstar equilibrata?" chiese Rowe con un sorrisetto.

Andre avrebbe voluto aggredirlo per aver insultato

Em, anche se una parte di lui concordava con quell'osservazione. Ci voleva un qualche tipo particolare di follia per bramare la fama.

"È di mia sorella che stai parlando," disse Stasia con un'occhiata gelida.

Owen ringhiò. Non era necessario che dicesse nulla. Ed era un ringhio nuovo, da quando faceva coppia con Stasia. Se era qualcosa che derivava dal trovare la propria compagna, allora Andre sperava di non scoprire mai la sua.

Era un uomo che per un caso fortuito si era trasformato in un licantropo. Non sentiva affatto il bisogno di trasferire quei tratti animaleschi alla sua natura umana.

"Sembra piuttosto semplice," disse, come se il tutto fosse già deciso. "Mi presento, do un'occhiata in giro e verifico se possa o meno trattarsi solo di uno scherzo. E se invece lei dovesse essere esposta a qualche tipo di minaccia soprannaturale, allora me ne occuperò."

"Pensiamo che esistano altri lupi?" chiese Vega.

"Non lo so, ma ho intenzione di scoprirlo."

Due anni prima, mentre erano di stanza in Germania lui e gli altri membri del branco erano stati rapiti da una specie di malvagio stregone e portati nei boschi. Un rituale li aveva trasformati in licantropi. Ma Stasia rappresentava la prima prova del fatto che loro potessero *creare* altri lupi, e nessuno di loro sapeva se esistessero altri branchi.

La magia doveva essere un'effettiva realtà; Andre ne

era stato testimone con i suoi stessi occhi, anche se ignorava quanto fosse diffusa o se streghe e stregoni apparte-
nessero invece alla leggenda. Ma esistevano altri lupi
mutaforma? O loro erano un'anomalia?

Era il momento di andare a cercare Em e di scoprirlo.

4
CAPITOLO QUATTRO

Em aveva dato di matto inutilmente. Ora ne era sicura. Era andata a fare il controllo del suono e tutto si era svolto senza contrattempi. Poi si era esibita in una delle migliori performance del suo intero tour.

Nessun licantropo l'aveva assalita sul palco. Nemmeno qualcuno travestito da licantropo. Era stato uno stupido scherzo. Probabilmente organizzato da qualcuno della troupe. E non avevano idea del fatto che lei ne fosse stata colpita così profondamente. Come avrebbero potuto? Lei non aveva detto a nessuno di sua sorella.

Si pentì di aver chiamato Stasia. Era la classica sorella maggiore, almeno quando si trattava di Em. E avrebbe voluto sistemare *tutto*. Si sarebbe presentata all'hotel, avrebbe dato un'occhiata in giro e cercato di gestire la sua vita.

Sarebbe stata una tortura. Quindi Em avrebbe

dovuto stroncare la cosa sul nascere. A quel punto non era più possibile fermarla, non dopo averla fatta preoccupare tanto con la sua chiamata. Era destino che si presentasse abbastanza presto, ed Em voleva che se ne andasse il prima possibile.

Sembrava senza cuore? Probabilmente.

Ma il tour era il suo mondo. E lei doveva proteggerlo. Stasia non avrebbe capito tutto della vita in tour. Certo, era in grado di controllare il pronto soccorso di un ospedale come nessun altro, ma quello era un tipo diverso di caos. In cui Em solitamente dava il meglio di sé.

Aveva appena terminato le prove della mattinata e aveva un'ora libera nella sua tabella di marcia prima di dover fare una rapida apparizione sui media. Tornò in fretta al suo camerino nonostante lo scherzo della sera prima. Fu sorpresa di trovare un membro della troupe già nella stanza. La giovane donna aveva ciocche di capelli tinte di viola e indossava jeans strappati e la maglietta di una band che aveva aperto i concerti di Em di tre tour prima.

Trasalì quando Em entrò nel camerino. "Scusami. Melinda mi ha mandato qui per fare un po' di pianificazione. Sono Vi." Fece un debole cenno di saluto, come se avesse paura che Em stesse per lanciarsi in una scenata da diva urlandole contro finché non se ne fosse andata.

Melinda Ramsey era la responsabile di quel tour. Faceva funzionare le cose in modo che Em potesse dare il meglio nelle grandi esibizioni che i fan si aspettavano da lei. E Melinda aveva un esercito di collaboratori come Vi che scattavano non appena dava un ordine.

Em sapeva che il suo camerino non poteva essere esattamente un rifugio privato. A meno che lei non chiedesse espressamente di avere un po' di privacy, la gente entrava e usciva in ogni momento della giornata. Era una necessità. Avevano uno spazio limitato dietro le quinte e i suoi costumi erano in gran parte riposti nel retro del camerino.

I costumisti dovevano controllarli di tanto in tanto per riparare eventuali danni verificatisi durante gli spettacoli o in viaggio, e in quella struttura il suo camerino conduceva direttamente a uno dei depositi più grandi. Era una questione di praticità il fatto che alcuni membri della troupe dovessero entrare e uscire ripetutamente durante il giorno.

Uno qualunque di loro avrebbe potuto organizzare lo scherzo. Quella stanza raramente era chiusa a chiave. E come appariva chiaro proprio in quel momento, chiunque poteva entrare.

"È tutto a posto," disse a Vi. Em non aveva intenzione di gettare una chiave inglese nell'ingranaggio accuratamente oliato che il tour doveva essere. "Cosa devi fare per Melinda?"

Vi sospirò e rilassò le spalle. "Un altro controllo sui tuoi costumi. Melinda pensava di aver sentito il costumista lamentarsi di qualche strappo, e voleva che mi assicurassi che non ci sia niente fuori posto. Non vogliamo che tu rimanga nuda in scena. Il guardaroba non deve avere problemi."

"Giusto." L'intenzione di Vi era chiaramente stata quella di fare una battuta, ma Em non se la sentiva di scherzare in quel momento. Soprattutto non mentre si chiedeva da dove venissero gli strappi nei suoi costumi. Lo scampolo di tessuto incriminato era a terra proprio ai piedi di Vi, ed Em non sapeva se lei l'avesse già visto.

Sapeva che probabilmente avrebbe dovuto dire qualcosa. Richiamare l'attenzione su quel problema e fare in modo che qualcuno se ne occupasse. Potevano riparare il costume come se non fosse mai successo nulla o sostituirlo se fosse stato irrecuperabile. Poi lei avrebbe potuto dimenticare lo scherzo e andare avanti con la sua vita. Naturalmente c'erano ancora i graffi sul ripiano. Ma con la luce del mattino non sembravano affatto profondi come aveva temuto.

Tuttavia non poteva sbarazzarsi di nulla prima dell'arrivo di Stasia. Sua sorella avrebbe insistito per vedere il costume e il ripiano. Era una cosa stupida. Ma probabilmente aveva qualcosa a che fare con l'inquietante magia da licantropo. Qualcosa che Stasia sarebbe stata certa che la sorella non potesse capire.

Em si accasciò sulla sua sedia e tirò fuori il telefono. Era strano. Si era aspettata che Stasia la chiamasse per farle sapere quando sarebbe arrivata. Invece aveva mandato un messaggio dove spiegava che stavano discutendo la questione tra tutti loro e che loro due ne avrebbero parlato più tardi.

Non capiva cosa significasse. Beh. Il termine '*tutti*' doveva essere riferito ai licantropi e guardie del corpo che componevano il branco di Stasia. Ma cosa c'era da discutere? Non si trattava di un incarico ufficiale. Al massimo poteva essere un favore. E lei non aveva bisogno di un lupo mutaforma a farle da guardia del corpo, ancor meno se si fosse trattato di sua sorella.

Avrebbe davvero voluto non aver detto nulla.

Stasia non le avrebbe mai permesso di lasciar perdere la questione.

"Tutto fatto," disse Vi, alzandosi da dove era rimasta accovacciata davanti ai costumi. "Ti restituisco il tuo camerino."

"Grazie." Em aveva giusto il tempo di fare un pisolino di nascosto e non pensava di aver mai avuto un'idea migliore. Si diresse verso un divanetto sistemato in fondo alla stanza e si sdraiò, senza nemmeno cercare una coperta. La porta si aprì e si richiuse, e lei fu certa che Vi se ne fosse andata.

E subito dopo la porta si aprì nuovamente. Em non si preoccupò di aprire gli occhi. "Melinda voleva qualcos'altro?" chiese a Vi.

"Chi è Melinda?" chiese una voce maschile che lei riconobbe.

Ovviamente non era Stasia.

Cosa ci faceva Andre lì?

5

CAPITOLO CINQUE

LO STRANO ODORE DELLA RAGAZZA DELLA TROUPE DAI CAPELLI viola tormentò il naso di Andre finché non vide Em. Non era proprio come se la ricordava. Un mese prima era stata messa a dura prova dalla scoperta dell'esistenza dei licantropi e per la preoccupazione che sua sorella potesse morire.

Anche ora appariva stanca. Vedeva le occhiaie iniziare a farsi evidenti sotto i brillanti occhi azzurri, ma ciò era dovuto principalmente alla sua pelle incredibilmente pallida. I lunghi capelli biondi le ricadevano in onde oltre le spalle, sopra la canottiera scura e i pantaloni neri attillati che indossava. Era un abbigliamento casual da rockstar? Solo a guardarla il suo corpo si animava, ma Andre doveva tenere alla larga quei pensieri.

"Chi è Melinda?" ripeté. C'erano una dozzina e oltre di odori che vorticavano nel camerino, e lui immaginò che uno di quelli dovesse appartenere alla persona di nome Melinda. Aveva oltrepassato molta più gente di quanto si aspettasse per arrivare al camerino di Em. Ce ne voleva parecchia per far funzionare un tour di concerti.

Em lo stava guardando come se avesse due teste. Guardava oltre la spalla di lui verso la porta, e sbatteva forte le palpebre come se potesse farlo sparire magicamente se solo si fosse concentrata abbastanza intensamente.

Ma Andre non sarebbe andato da nessuna parte.

"Io ho chiamato Stasia. Cosa ci fai *tu* qui?" chiese, incrociando le braccia sotto al seno e spingendolo verso l'alto al punto che lui dovette costringersi a distogliere lo sguardo.

Che cazzo stava succedendo?

Pensieri di quel genere erano l'opposto della professionalità, e per Andre la professionalità era un punto d'orgoglio. Non aveva intenzione di mettersi a pensare con ciò che aveva nelle mutande. Era lì per far sentire meglio Em e andare a fondo di qualsiasi cosa la stesse affliggendo. L'aveva impostata come una missione semplice.

Presentarsi, capire se ci fosse davvero una minaccia. Probabilmente concludere che non ce ne fosse alcuna. E poi continuare per la sua strada. Un gioco da ragazzi.

Ma la cosiddetta squadra di sicurezza di Em non lo aveva segnalato mentre entrava nell'edificio. Nessuno lo aveva fermato, e lui non aveva fatto alcuno sforzo particolare per intrufolarsi. Non gli piaceva che praticamente chiunque potesse entrare e trovarla. Se anche non ci fosse stata una minaccia soprannaturale, di *quella* faccenda si sarebbe occupato comunque.

"Sai bene che Stasia non poteva venire. Sta ancora affrontando... tu sai cosa." Sembravano essere sufficientemente soli nel camerino, ma quella ragazza della troupe era appena uscita e lui non avrebbe rischiato di parlare di questioni soprannaturali dove qualcuno all'oscuro di tutto avrebbe potuto sentire.

"Pensavo che se la stesse cavando bene." L'espressione sul viso di Em si fece corrucciata e Andre si rifiutò di trovarla adorabile.

Era una bella donna e ne era consapevole. Era una rockstar. La bellezza faceva parte del gioco. E lui non poteva lasciarsi distrarre. Quando parlò fu più duro del necessario, ma non poteva permettersi di mostrarsi troppo amichevole. "Non possiamo rischiare che perda il controllo. Ma sta bene." Non sapeva perché sentisse il bisogno di confortare Em, di assicurarle che tutto stesse davvero andando per il verso giusto. Ma il suo lupo gli stava dando dei colpetti dal fondo della sua coscienza per spingerlo a cercare di farla sentire meglio.

Andre desiderò che il fottuto lupo si togliesse di torno. Partiva per la tangente ogni volta che Em era nei dintorni, e lui stava cominciando a capire quanto grande fosse stato l'errore di presentarsi lì.

"Ho dato di matto," disse Em. Era un misto di autocontrollo e scuse, e apparentemente aveva accettato che

Stasia non sarebbe andata da lei. "Penso che fosse solo uno scherzo. È tutto a posto. Puoi tornare a casa e dire che hai verificato e fingeremo semplicemente che tutto questo non sia mai successo. D'accordo?" Gli rivolse un sorriso smagliante.

Quel tipo di sorriso avrebbe potuto funzionare alle premiazioni e sulle copertine delle riviste, ma su di lui non aveva effetto. E anche se lui stesso aveva avuto pensieri simili, non avrebbe ceduto alla tentazione di fare un lavoro scadente. "Hai chiamato per un motivo. Almeno fammi dare un'occhiata." Non voleva che Gibson, o peggio ancora, Stasia, gli rinfacciassero di essersi sottratto al suo dovere.

Em curvò un po' le spalle, e Andre dovette serrare le mani a pugno per trattenersi dall'allungarle a offrirle conforto.

Il suo corpo era posseduto da qualche tipo di mostro imbottito di ormoni? Cosa stava succedendo?

Aveva un incarico e doveva portarlo a termine. Non era suo dovere *confortare* Em. E l'attrazione? Fuori discussione.

Em si chinò a raccogliere un ammasso di stoffa nera e glielo gettò addosso senza tante cerimonie. "Questo è ciò che mi ha spaventato. Questo, e il ripiano." Passò brevemente la mano sulla sua superficie. "È stato stupido. Dai un'occhiata, concorda con me e vattene." Diede quell'ordine come una donna abituata a farsi obbedire.

Andre non era più nell'esercito e non doveva

eseguire alcun ordine. Soprattutto non da parte di rock-star viziate. Se lei non avesse usato quel tono di comando, avrebbe potuto dare un'occhiata veloce all'indumento e restituirglielo subito. Ma la sua parte più suscettibile, nascosta nel profondo, voleva infastidirla. Così Andre se la prese comoda, stendendo la stoffa sul pavimento ed esaminandone ogni centimetro.

Prima con gli occhi, poi con le dita e poi, in modo imbarazzante, con il naso. Era ancora strano, dopo tutti quegli anni, usare i sensi da lupo nella sua forma umana. Non erano super potenziati. Non riusciva a distinguere i diversi odori delle persone in cui si imbatteva quando indossava la sua pelle umana. Ma poteva percepire più di quanto ricordasse di essere riuscito a fare quando era solo un uomo normale.

"Questa stoffa non ha odore." Parlò più a se stesso che ad Em, cercando di capire perché il costume che aveva tra le mani lo confondesse così tanto.

"Cosa?" Dalla voce di Em traspariva la confusione.

Andre raccolse l'indumento per premerlo sul viso. Percepì un accenno del profumo di Em e qualcosa di vagamente familiare. Un altro accenno dell'odore della ragazza della troupe che aveva incrociato nel corridoio. Ma era appena una traccia. Oltre a ciò, *nient'altro*.

E la cosa non aveva senso. Quegli abiti dovevano essere stati maneggiati da una quantità di persone, e avrebbero dovuto mantenere tracce di detersivo e dell'acqua in cui erano stati lavati o di prodotti chimici per la pulitura a secco. Ma non c'era niente.

Se Andre chiudeva gli occhi e ignorava il profumo di Em e dell'altra ragazza, era come se non ci fosse niente davanti a lui.

Ma sentiva il tessuto nelle mani.

Strano.

Una cosa sospetta, e non uno scherzo.

"Non ha nessun odore," ripeté, più sicuro stavolta, anche se era un'assurdità.

"Anche noi laviamo le cose," fece notare Em. Si lasciò sprofondare sul divano su cui era stata sdraiata e lo guardò male. "Probabilmente qualcuno ci ha spruzzato sopra il Febreeze o qualcosa del genere. Hanno cercato di coprire le loro tracce. Non è niente." Ma non sembrava sicura come avrebbe dovuto se ci avesse creduto davvero.

Il Febreeze ha un profumo," precisò Andre. "E non sto dicendo che questa cosa non profuma di detersivo o di Febreeze, sto dicendo che non ha *nessun* odore. È come se non esistesse. Capisci cosa voglio dire?" Aveva bisogno che lei comprendesse. Non stava parlando come uomo. Stava parlando come licantropo.

Per un secondo pensò che si sarebbe fidata di lui. Ma poi lei scosse la testa. "Sono sicura che è tutto a posto. Diciamo che ha un odore un po' strano. Tante cose lo hanno. Ha l'odore di un licantropo?"

"Non posso dire che i licantropi ne abbiano uno particolare." Lui conosceva solo il suo branco, e tutti avevano solo l'odore di loro stessi.

Quella risposta sembrò tranquillizzarla. "Va bene.

Hai fatto il tuo lavoro. Hai confermato che non è un mutaforma. Quindi puoi tornare e riferire che va tutto bene, possiamo fingere di non conoscerci e non dovremo più vederci. D'accordo?" Gli rivolse il suo sorriso più falso e gli indicò la porta.

Andre lasciò cadere a terra l'indumento e si avvicinò ad Em, sovrastandola e invadendo il suo spazio. Avrebbe dovuto essere spaventoso. Conosceva l'odore della paura e si aspettava di sentirlo emanare da lei. Ma non accadde. Qualcosa di caldo e inebriante gli solleticò il naso.

Non era affatto paura.

E il suo corpo rispose. Desiderò avvicinarsi ancora e sentire la pelle morbida di lei contro la sua. Non ci sarebbe voluto molto. Che sapore avrebbe avuto?

Doveva scoprirlo. Il suo lupo lo esigeva.

Ma Andre si rifiutò di cedere. Non sarebbe stato razionale.

Si costrinse ad allontanarsi e arretrò di diversi passi. "Sono entrato qui senza essere fermato dalla tua squadra di sicurezza. Se è stato un estraneo a lasciare questi segni, potrebbe arrivare a te facilmente."

Em rabbrividì. Una porta sbatté in fondo al corridoio e lei si alzò di scatto dal divano. "Non dovremmo parlare di queste cose qui dentro. Seguimi."

Lui obbedì. Em lo condusse lungo un labirinto di corridoi e stanze e oltre un piccolo ponte che collegava il centro congressi all'hotel. Entrarono in un ascensore che necessitava di una chiave per essere utilizzato e salirono all'ultimo piano.

"Non voglio che discutiamo dove qualcuno potrebbe sentirci. Dio solo sa cosa succederebbe se la parola LUPO uscisse da qui." Scosse la testa e gli rivolse un sorriso amaro.

Lui volle ricambiare il sorriso. E non voleva litigare. Em aveva bisogno di rinforzi e lui era disposto a offrirle il suo aiuto. Doveva solo farglielo capire. "Lasciami restare qui solo un paio di giorni. Mi assicurerò che non stia succedendo niente di strano. Sai bene che anche Stasia lo vorrebbe." Andre voleva convincersi che fosse una questione di orgoglio professionale a spingerlo a restare con Em, ma temeva che fossero i desideri occulti del suo lupo a farlo insistere tanto.

Quella donna non gli *piaceva* nemmeno. Gli faceva rizzare i capelli.

Eppure non riusciva a restarle lontano.

Lei emise un lamento quando lui giocò la carta della sorella. Ma era vero. Stasia avrebbe usato tutti i suoi nuovi talenti da licantropo per punirlo se avesse lasciato che facessero del male a sua sorella.

Em gli rivolse occhi imploranti, come se quello potesse *bastare* a farlo cedere. "Va tutto bene. E non voglio che i giornalisti notino un tizio sexy mai visto prima che mi gira intorno senza motivo."

"Sexy?" Pensava che fosse sexy? Buono a sapersi. Il suo lupo ne fu lusingato, e lui cominciò a immaginare cos'*altro* avrebbero potuto fare insieme in nome della sicurezza.

Em aprì la porta della suite dell'hotel a lei riservata e lo fece entrare, ignorando apertamente la sua osservazione. Quando la porta si chiuse alle sue spalle lei si voltò e incrociò le braccia. "Avanti. Di' quello che hai da dire."

Ma Andre dapprima tacque. La stanza era totalmente inodore, come l'indumento che aveva annusato poco prima. Proseguì all'interno e guardò il letto king size che dominava il centro della stanza. Le lenzuola erano tutte strappate, come se qualcosa le avesse fatte a brandelli con degli artigli. E proprio come era accaduto con quel costume nel camerino, non si percepiva alcun odore.

Era cupo, quando parlò. "Credo non ci sia altro da aggiungere. Hai bisogno di me."

6

CAPITOLO SEI

Quando si era svegliata quella mattina era tutto a posto nella sua stanza. Em ne era certa. Girò intorno ad Andre, ignorando il suo commento, e si avvicinò al letto.

Le lenzuola e i cuscini erano tutti strappati. Sembrava che ci si fosse scatenato sopra un animale selvatico. Un animale selvatico? O un licantropo? Le sue mani cominciarono a tremare quando scostò il lenzuolo e vide che il danno non era arrivato fino al materasso. Grazie a Dio. Sarebbe stato difficile da spiegare.

Le sfuggì una risata senza allegria. Nemmeno il resto sarebbe stato *facile* da spiegare. Chi avrebbe fatto una cosa del genere? E perché?

Lei non aveva niente a che fare con i licantropi, la magia o altre stronzate di quel tipo. Quello era il regno di Stasia. E se ci fosse stato un licantropo nella sua stanza in quel momento, gli avrebbe fatto passare un brutto quarto d'ora.

Un attimo. Nella sua stanza c'era davvero un licantropo.

Si girò e fulminò Andre con lo sguardo, come se fosse lui il responsabile di quella situazione.

Lui non aveva il diritto di essere così maledettamente attraente. Sul serio. Capelli corti castano chiaro, un po' più lunghi in cima alla testa e accuratamente sistemati, anche se non avrebbe mai ammesso di averci impiegato del tempo; ma lei conosceva abbastanza le acconciature da palcoscenico da sapere che nessuno si alzava dal letto con quell'aspetto. Occhi azzurri penetranti e zigomi forti. Ed era certa che la sua camicia aderente nascondesse muscoli su muscoli. E non li nascondeva neanche particolarmente bene.

Era il tipo di uomo che faceva sentire una donna al sicuro e un po' temeraria. Come se lui potesse proteggerla da tutto tranne che da se stesso.

Ma lei non si metteva nei guai con uomini di quel genere: sapeva che quella strada portava a cuori spezzati. Non si metteva nei guai con cose oscure e pericolose. E certamente non lo faceva con i licantropi.

Andre l'aveva presa in antipatia dal primo momento in cui l'aveva vista solo per il fatto che lei... esisteva? Non avevano nemmeno parlato prima che lui iniziasse a fissarla con aria torva.

E lei non aveva pazienza per le sue stronzate.

Piuttosto che iniziare un'altra discussione, tornò a girare per la stanza e cominciò a controllare i comodini e tutte le altre zone della suite dove aveva messo le sue cose.

"Cosa stai facendo?" le chiese Andre. "Stai spargendo il tuo odore su tutto."

Stupidaggini da licantropo. "Sto cercando di capire se sia stato rubato qualcosa."

Non portava con sé in tour molti oggetti di valore, non oggetti personali in ogni caso. Aveva un telefono che portava addosso per la maggior parte del tempo o che affidava a qualche membro fidato della troupe, e un computer che teneva in cassaforte o nel suo camerino.

Aprì la cassaforte constatando che il computer era ancora lì, e aveva il telefono in tasca. L'unica cosa da rubare nella suite erano i suoi vestiti, e da ciò che aveva visto fino a quel momento non era stato preso nulla. Riferì tutto ad Andre.

"Pensavi che questi vandalismi fossero una copertura per qualche piccolo furto?" Ognuna di quelle parole era intrisa di incredulità.

Lei serrò le mascelle e strinse le mani a pugno, ma le tenne lungo i fianchi. "Credi che io sia un'idiota? Perché mi stai parlando come se lo fossi." Era più facile essere arrabbiata piuttosto che spaventata. Perché se avesse lasciato che la rabbia si spegnesse, sarebbe rimasta solo fottutamente terrorizzata. Qualcuno o *qualcosa* era entrato nella sua suite e aveva distrutto il suo letto.

E se fosse entrato mentre lei dormiva?

Le sfuggì un singhiozzo e si coprì il viso con le mani a quel pensiero. Qualcuno avrebbe potuto guardarla dormire, poi attaccarla e dilaniarla con artigli terrificanti come se niente fosse. E la sua squadra di sicurezza non se ne sarebbe mai accorta in tempo.

Non pianse. Non c'erano lacrime. Ma respirava con affanno e si rese conto che stava iperventilando.

Andre fu lì in un attimo, passandole una mano sulla schiena con un movimento tranquillizzante.

Per un momento si sentì bene. Per un momento si lasciò confortare. Ma poi si allontanò bruscamente e arretrò un po'.

"È un altro licantropo?" chiese.

Il viso di Andre aveva un'espressione assorta. "Non lo so."

"Ci sono altri licantropi?" Aveva sentito la storia di come Andre e gli altri del suo branco erano stati trasformati in lupi mutaforma. Era una cosa veramente difficile da credere. Stregoni malvagi. Un'antica foresta. Un rapimento. Il governo degli Stati Uniti che scarica un gruppo di soldati per evitare un incidente internazionale. Non sapeva quale fosse la parte più difficile da digerire. "Se non lo sai, allora come puoi essermi utile?"

Era tornata la rabbia. Lei lasciò che le incendiasse le vene. Sì. Voleva quella rabbia. Voleva qualsiasi cosa potesse distrarla dai pensieri su cosa un licantropo scatenato avrebbe potuto farle se fosse entrato nella sua stanza quando era sola e senza protezione.

Negli occhi di Andre balenò il bagliore dorato del suo lato animale e lui le si avvicinò, ergendosi su di lei in un modo che avrebbe dovuto intimidirla. Lei colse un accenno del suo odore, qualcosa di oscuro e virile che avrebbe voluto far penetrare in tutto il suo corpo.

No, non era del suo odore che voleva riempirsi. Era lui. Paura e desiderio le si agitavano nel profondo, combattendo per il dominio. Non aveva paura di Andre. Non importava quanto lui la spazientisse, sapeva che non le avrebbe mai fatto del male. Almeno non di proposito. Era venuto per proteggerla. Ma perché doveva essere lui? Qualsiasi altro licantropo sarebbe stato meglio. Con tutti gli altri era andata abbastanza d'accordo.

D'accordo, magari non Vega. Non c'era bisogno che qualcun altro venisse morso accidentalmente.

"Hai bisogno di me, tesoro." Le andò ancora più vicino. Lei non avrebbe dovuto sporgersi molto se avesse voluto baciarlo.

Cosa che non aveva intenzione di fare. Perché lui non le piaceva e perché quello non era il momento. Ma santo cielo, quell'uomo era una provocazione continua.

"Non chiamarmi tesoro," disse irritata, anche se quella parola accendeva in lei qualcosa di profondo, *molto* profondo.

"Amore, mia cara, dolcezza." In qualche modo quelle parole, dette da lui, sembravano sinistre. "Sono l'unico ostacolo tra te e una bestia scatenata e dotata di artigli. Vuoi davvero mandarmi via?"

Avrebbe voluto. Sarebbe stato stupido. Probabilmente un suicidio. Perché se poteva fingere che quell'incidente nel camerino fosse stato uno scherzo, quello che era stato fatto lì alle sue lenzuola non lo era. Il camerino non era privato. Ma la sua suite nell'hotel doveva esserlo. Era la cosa più vicina a un rifugio che avesse.

E qualcuno era venuto a violarlo.

I loro sguardi si allacciarono. Lui era determinato a rimanere e lei voleva mandarlo via. Ed entrambi sapevano che lui aveva già vinto quella battaglia. Em non era stupida. Stava succedendo qualcosa che la sua normale squadra di sicurezza non poteva gestire.

Qualcosa che richiedeva la protezione di un licantropo. E l'unico che lei avesse a disposizione era Andre Gordon.

Lo stupido, sensuale, esasperante Andre Gordon.

Se lui non avesse fatto un passo indietro lei avrebbe reagito in qualche modo. Probabilmente lo avrebbe baciato. Forse lo avrebbe preso a pugni. Magari entrambe le cose.

Non sapeva cosa le suscitasse quelle tendenze alla violenza. L'atmosfera era densa di possibilità e dovevano fare qualcosa per alleggerirla.

Andre allungò una mano e le sue dita le sfiorarono il braccio. Em non aveva idea di cosa avesse in mente. Ma prima che lui potesse fare altro, lei sentì qualcuno infilare una chiave nella serratura e aprire la porta.

Andre si voltò ringhiando.

7
CAPITOLO SETTE

IL RINGHIO DI ANDRE PROSEGUÌ STROZZATO QUANDO UNA donna dai capelli scuri e dalle spalle larghe entrò nella stanza. Lei lo guardò mettersi davanti ad Em, a proteggerla con il suo corpo, e allungò la mano a prendere qualcosa alla cintura. Lui era pronto ad avventarsi sulla sconosciuta. Era quella la persona che stava minacciando Em? Perché aveva la chiave della sua suite?

"È tutto a posto, Darlene. È un amico. Più o meno," disse Em allungandosi sopra le spalle di Andre.

Lui desiderò girarsi a chiederle cosa volesse dire esattamente con quelle parole. Ma tra l'istinto di protezione che lo guidava, il desiderio che gli scorreva nelle vene e il bisogno di risolvere il rompicapo su cosa stesse cercando di farle del male, non gli era rimasta molta energia per analizzare quella frase.

Em gli diede un colpetto sul fianco per farlo spostare di lato, e lui si ritrovò a muoversi senza nemmeno pensarci. Avrebbero dovuto fare una chiacchierata su chi avrebbe preso le decisioni quando si trattava di tenerla al sicuro, ma chiaramente lei non temeva quella donna e Andre avrebbe seguito le sue indicazioni.

Per il momento.

Em si spostò in mezzo a loro e fece le presentazioni, gesticolando dall'uno all'altra come se si trovassero a una festa e non nella sua stanza all'hotel dopo l'attacco di una qualche creatura. "Darlene, questo è Andre. Andre, lei è Darlene, il capo della mia squadra di sicurezza."

"E perché l'hai fatto entrare di nascosto nella tua stanza?" chiese Darlene con calma. Non c'era un tono di accusa in quella domanda. Se era il capo della squadra di sicurezza, era il suo lavoro sapere chi ci fosse intorno ad Em e cosa facessero tutti in ogni momento. Ovviamente lei e la sua squadra non si erano minimamente accorti della presenza di Andre. Quindi lui dubitava seriamente delle sue capacità.

"È un investigatore privato," spiegò Em con un sorriso.

Da quando? Andre era curioso di vedere dove sarebbe andata a parare.

Em continuò a parlare come se non sapesse fare altro che mentire. "L'ho chiamato per via delle cose strane che sono successe nell'ultimo paio di giorni. Volevo solo che desse un'occhiata."

"È successo qualcos'altro?" chiese Darlene, incrociando le braccia. Sì, quel linguaggio del corpo non dava una buona impressione, e Andre non aveva bisogno di essere davvero un investigatore privato per capirlo.

Em fece un cenno con la testa verso il letto. "Quando siamo arrivati qui le lenzuola erano tutte strappate."

Darlene avanzò di qualche passo nella stanza e Andre desiderò impedirle di avvicinarsi ulteriormente. Aveva sentito bene il suo profumo, di pulito e del sapone leggermente fruttato che usava, e sicuramente non era minimamente paragonabile alla mancanza di odori del costume di scena e delle lenzuola.

"Non avete visto chi è entrato?" chiese Darlene, mentre analizzava con lo sguardo la biancheria a brandelli e la sua espressione diventava sempre più cupa.

"E tu?" ribatté Andre, senza riuscire a trattenersi. Doveva essere lei a occuparsi della sicurezza.

Darlene gli lanciò un'occhiataccia. Beh, non si poteva dire che Andre ci stesse facendo amicizia, ma in qualche modo se ne sarebbe fatto una ragione.

"Dirò agli addetti alle pulizie di salire a occuparsi delle lenzuola e informerò il resto della squadra che dobbiamo potenziare la sorveglianza," disse Darlene con un cenno deciso del capo. "Un'ora ti basta per dare un'occhiata in giro? Em deve tornare a breve al centro congressi."

Un'ora non sarebbe bastata per fare niente. Del resto Andre non sapeva cosa stesse cercando. Probabilmente avrebbe dovuto tirare fuori il telefono e consultare Internet per avere consigli su come fare l'investigatore privato, ma non era in procinto di dire a Darlene una cosa simile. "La farò bastare," promise.

Lei annuì e la tensione sul suo viso si allentò un po' nel constatare che lui non si opponeva. "Vi lascio *indagare*." Mise una pesante nota di sospetto in quella parola. Poi li lasciò soli nella suite chiudendosi la porta alle spalle.

"Pensa che scopiamo, vero?" chiese Andre a Em. E quel pensiero gli procurò un'erezione.

Lei scrollò le spalle. "Probabilmente."

Un punto per l'investigatore. A proposito... "Perché le hai mentito? Non sono un investigatore privato," osservò lui. Per qualche ragione, alcuni pensavano che fosse sinonimo di guardia del corpo. Ma il lavoro di Andre era fermare i proiettili, non capire perché venivano sparati.

Em allargò le braccia. "Cosa avrei dovuto fare? È la responsabile della mia squadra di sicurezza. Non voglio che si senta uno schifo per via di qualche stronzata soprannaturale che non avrebbe potuto prevedere. Il suo lavoro è tenere i fan ossessionati e i paparazzi lontani da me. Non è prevista la protezione dai licantropi."

Andre comprese il suo punto di vista, e per la prima volta provò un po' di benevolenza per il capo della sicurezza. Forse non era colpa di Darlene se lui era riuscito a passare. Non era un fan ossessionato e certamente nemmeno un paparazzo. "Devi tornare in scena?"

Em scosse la testa. "Ho ancora un po' di tempo prima che Melinda venga a cercarmi."

"Melinda?" L'aveva già sentita nominare. Probabilmente avrebbe dovuto prendere nota di tutti quei nomi. Cosa che tra l'altro era abituato a fare. Non era un investigatore privato ma era una guardia del corpo, e tenere traccia di tutte le persone con cui interagivano i clienti faceva effettivamente parte del lavoro.

"Lei gestisce lo spettacolo," disse Em con un sorriso esasperato. "Non fa altro che pianificare programmi su programmi e se noi non li seguiamo comincia a uscirle il fumo dalle orecchie, si infuria, urla e io non lo sopporto."

Quelle parole suscitarono una risatina da parte di Andre. "Ho avuto comandanti così, in passato."

Si scambiarono un sorriso e stavolta non c'era rabbia, o nervosismo, o altro a parte un po' di cameratismo. E quello era più spaventoso di qualsiasi altra cosa.

Andre distolse lo sguardo da lei. "Non abbiamo molto tempo. Fammi dare un'occhiata in giro."

La suite era enorme. C'era la camera da letto principale con il letto king size che dominava lo spazio. C'era un bagno più grande dell'appartamento che lui condivideva con Owen. E la vasca sembrava così comoda che una parte di lui fu tentata di riempirla di acqua calda e di immergersi.

C'era un'area soggiorno con uno spazioso divano e un televisore abbastanza grande da dargli l'impressione di trovarsi nel bel mezzo del campo da football, qualunque fosse la partita in onda. E c'era anche un angolo cottura con un minuscolo frigorifero, un fornello piccolo e un forno a microonde. Era più un appartamento che la camera di un hotel.

Andre lasciò il letto per ultimo, perlustrando le stanze alla ricerca di qualsiasi altra zona che avesse la sua stessa assenza di odori. Vicino alla porta c'erano tracce mescolate del suo stesso odore e di quelli di Em e di Darlene. Ma sia in cucina che in soggiorno sentì solo quello di Em. Ne percepì una traccia in bagno, e poi più nulla. Sembrava che l'intrusione fosse per lo più rimasta confinata alla camera da letto.

Studiò gli strappi nella stoffa. Non sembravano fatti con delle lame, i bordi erano troppo frastagliati. Sapeva cosa potevano fare i suoi artigli, e avrebbe scommesso che avrebbero prodotto strappi di quel tipo se lui avesse deciso di ridurre a brandelli le lenzuola.

Nonostante quello che aveva visto nei film e in televisione, Andre non aveva la capacità di sfoderare gli artigli quando era in forma umana. Lui e gli altri membri del branco sembravano conquistare sempre nuove abilità, ma lui non aveva ancora acquisito quel talento. Sperava che un giorno ci sarebbe riuscito. In quel momento gli sarebbe stato molto utile. Perché la sua unica possibilità, se avesse voluto verificare se quelle tracce di artigli combaciassero con quelle che avrebbe potuto produrre un lupo, era trasformarsi completamente e provare a fare altri strappi lui stesso.

La prese in considerazione. Ma la muta completa in lupo e poi nuovamente in forma umana lo avrebbe sfinito, e gli avrebbe mostrato qualcosa che era piuttosto sicuro di sapere già. Conosceva l'aspetto dei segni lasciati dagli artigli. E non c'era bisogno di molte prove a sostegno del fatto che strappi esattamente come quelli avrebbe potuto farli il suo lupo.

Qualcosa in qualche modo simile a un licantropo minacciava Em, e poteva arrivare a lei ovunque.

Lo scopo di attaccare la sua stanza era quello. Dimostrare che nessuna squadra di sicurezza poteva fermarlo.

O almeno quella era la situazione prima che intervenisse Andre. Ora quella bestia con gli artigli aveva un nuovo nemico, e avrebbe voluto non aver mai minacciato Em dopo che lui se ne fosse occupato.

8

CAPITOLO OTTO

EM OSSERVÒ ANDRE METTERSI AL LAVORO PIÙ DA VICINO DI quanto avrebbe dovuto. Nel perlustrare la suite aveva un tipo di eleganza innata che si sarebbe aspettata di vedere da parte del suo lupo. Ma non lo aveva mai visto in quella forma. E si rese conto di volerlo.

Aveva passato molto tempo a fare ricerche sui lupi durante il mese in cui aveva scoperto la reale esistenza dei licantropi. Aveva perso una giornata passando in rassegna documenti superati sugli alfa, i beta e gli omega saltando di palo in frasca senza concludere nulla. Secondo quello schema, pensava che Andre potesse essere un alfa anche se al momento stava eseguendo gli ordini di Jericho Gibson. Se quella ricerca fosse stata corretta, non sarebbe rimasto in zona a lungo.

Ma le cose erano molto più complesse di una gerarchia sgangherata e basata sulla regola del più forte. Lei non dubitava che Andre potesse battere praticamente chiunque in un combattimento. Ma forse aveva ancora diverse cose da imparare sulla leadership.

Scosse la testa. I lupi selvatici si organizzavano in strutture familiari non dissimili da quelle umane, con una madre, un padre e i cuccioli. Era facile da capire, anche se un po' deludente nel non riuscire a spiegare le variabili prodotte da alcuni capricci dell'esistenza umana.

Em doveva proprio smettere di pensare ai lupi selvatici. Andre era un uomo che poteva trasformarsi in un lupo. Tutto lì.

"Hai qualche idea?" chiese, anche solo per non sembrare così strana da non riuscire a smettere di guardarlo.

Lui era in piedi accanto al suo letto, e lei si sforzò di non immaginare che aspetto avrebbe avuto se ci si fosse sdraiato sopra, nudo.

Dannazione. Non riusciva a togliersi quell'immagine dalla testa. La pelle di lui avrebbe fatto bella figura tra quelle lenzuola. Sarebbe stato piacevole sentirla premuta contro la propria. Premuta dentro di lei. Mani roventi che la accarezzavano mentre il suo...

No. Doveva smettere di comportarsi così. Non riusciva a ricordare l'ultima volta in cui aveva desiderato così tanto un uomo, ma non poteva averlo. Non le *piaceva* nemmeno.

Se fosse stata in un periodo più autodistruttivo della sua vita, avrebbe potuto suggerire a se stessa di andarci a letto solo per togliersi il pensiero. Ma era una strategia che non funzionava mai, e Andre era lì per un motivo preciso. Lei avrebbe accettato l'aiuto che lui poteva offrirle e nient'altro.

"Non c'è niente," disse Andre, con un tono da cui traspariva la frustrazione. Fissava le lenzuola con aria torva come se potesse intimidirle e indurle a confessare.

"Nessuna prova?" La maggior parte delle sue idee sulla raccolta di prove veniva da Law and Order, CSI e altre popolari serie poliziesche. Non esattamente qualcosa che avrebbe retto in tribunale. O qualcosa che potesse dar loro un suggerimento su come indagare su un fenomeno soprannaturale. Ma volendo c'erano serie televisive anche per quello.

"No. Non c'è *niente*." Sottolineò con la voce quella parola come se invece di 'niente' intendesse invece 'qualcosa'.

"Cosa vuoi dire?" Pensare ai licantropi e alla magia le stava facendo perdere la lucidità.

Andre fu qualche attimo in difficoltà nel capire cosa lui stesso intendesse e come volesse spiegarlo. "Tutto ha un odore. E da quando... lo sai... il mio olfatto è migliorato. Il che a volte *non* è un dono." Rabbrividì ad un ricordo di cui non parlò.

Lei si ritrovò a sorridere a quelle parole. Non sapeva quanto a lungo fosse rimasto nell'esercito prima di essere congedato, ma se i suoi sensi si erano acuiti mentre viveva in caserma doveva essere stato un incubo.

Aveva la sensazione che i ragazzi dell'esercito potessero puzzare parecchio.

Lui proseguì. "Ma il tuo letto e il tuo costume non hanno assolutamente nessun tipo di odore. È come un vuoto. Non mi è mai capitato niente del genere."

Ora anche lei cominciava a capire. Non stava parlando di qualcosa che fosse semplicemente super pulito. "Non sembra che possa trattarsi di un licantropo. Immagino che se lo fosse avrebbe un odore." Em si chiese quanto potesse essere diverso da ciò che era in grado di percepire lei. Era solo più intenso? O c'era qualcosa che non era possibile descrivere a parole?

"Un licantropo normale, ammesso che si possa dare una definizione del genere, avrebbe certamente un odore," confermò Andre. Si accucciò accanto al letto e diede un'altra annusata prima di tornare ad alzarsi. Poi guardò verso di lei e... era *arrossito*? Forse si sentiva un po' a disagio per aver fatto qualcosa di inumano davanti a lei.

Ma Em aveva bisogno di lui proprio perché non era completamente umano. E doveva pensare fuori dagli schemi. "Un licantropo fantasma?" La sua ipotesi suonò ridicola persino a lei stessa mentre la suggeriva, ma a cos'altro doveva pensare? Erano già al punto di considerare i licantropi la normalità.

Andre serrò le labbra e rifletté. Alla fine scrollò le spalle. "Può darsi. Non so se i fantasmi esistano. Ma è qualcosa con gli artigli e che non ha odore. Proverò a fare delle ricerche. Ma nel frattempo credo che dovresti cancellare il concerto di stasera."

Cosa aveva detto? "Cosa?" Non poteva aver sentito bene. "Sono già in arrivo migliaia di persone. Mi ucciderebbero in modi molto peggiori di quanto possa fare una specie di licantropo fantasma, se annullassi la serata."

Ma lui aveva le mascelle serrate e tutta quell'intensità sexy – no, non sexy – era puntata nella sua direzione. "Questa cosa potrebbe aggredirti. Di' solo che hai... l'esaurimento... o qualsiasi cosa voi popstar diciate di avere quando non volete esibirvi."

Che stronzo! E dire che le cose stavano andando così bene. "Prima di tutto sono una rockstar, non una popstar. Non ha importanza, ma cerchiamo di essere precisi. In secondo luogo, sto fisicamente bene e non voglio che si sparga la voce che sto per andare in riabilitazione, o a fare un intervento di chirurgia plastica, o che sono incinta, o una qualsiasi delle decine di voci che gireranno se cancello un concerto all'ultimo minuto per via di un *esaurimento*. Non sono esaurita. Sto bene." E uno stupido licantropo fantasma non le avrebbe impedito di esibirsi. Poteva spaventarla, ma non l'avrebbe intimidita.

Ad Andre sfuggì un lamento di frustrazione che somigliava a un ringhio da lupo. "Non mi interessa il motivo della cancellazione. Di' che si tratta di problemi tecnici. Dai fuoco al dannato centro congressi se devi. Ma *non* dovresti salire sul palco stasera."

"Mi sono esibita ieri sera ed è andato tutto bene."

Era stata un po' spaventata, ma poi era passato tutto durante il susseguirsi delle canzoni.

"Ti sei esibita ieri sera e oggi ha violato la tua camera da letto. Questa è un'escalation. Sicuramente lo capisci anche tu." Aveva una luce un po' selvaggia negli occhi mentre faceva quelle considerazioni.

Mentre quello scambio di battute si faceva più acceso, si avvicinavano sempre più l'uno all'altra. Era come se fossero attirati nelle rispettive orbite.

Perché lei non riusciva fare a meno di avvicinarsi a quell'uomo? Era esasperante. Non aveva dubbi che avrebbe fatto qualcosa di estremo per cancellare il concerto, se avesse potuto.

E lei non glielo avrebbe assolutamente permesso.

"Quindi stai dicendo che non puoi proteggermi?" lo sfidò. Era lui che insisteva per rimanere. Per poter fare il suo dannato lavoro. "Annullare il concerto è una cosa troppo grossa. Non posso farlo. Trova un modo per tenermi al sicuro."

Andre si ritrasse e cominciò a camminare per la stanza. "È successo qualcosa di simile prima che tu arrivassi in questa città? Sei qui da quasi una settimana, giusto?"

E avrebbe dovuto piacerle fermarsi per un po' nella stessa località. I licantropi fantasma erano efficienti nell'incasinare le cose. "Giusto. Ripartiamo domani. E non era successo niente di strano prima d'ora. O almeno niente di diverso dalle normali stranezze che capitano di tanto in tanto durante i tour."

"Normali stranezze?" chiese lui, con un sopracciglio alzato.

Era talmente abituata alla vita in tour che Em ci mise un po' a capire cosa necessitasse di una spiegazione. "Capita che i meccanismi si inceppino. Non c'è niente di magico. Questa è la prima volta che qualcosa viene dilaniato in quel modo."

Andre non fu soddisfatto di quella risposta. "Allora perché hai chiamato subito Stasia? Mi sembra un po' strano chiedere aiuto dopo un solo incidente."

"Hai visto le dimensioni di quegli artigli? E poi ho avuto degli incubi." Odiava ammetterlo. Ma lui aveva chiesto risposte, e lei gliele avrebbe date. "Di solito crollo per la stanchezza dopo gli spettacoli. Ma nell'ultima settimana o giù di lì mi sono sentita come se qualcosa mi stesse dando la caccia. Ma potrebbero essere solo normali incubi. Ne ho sempre."

Lui diede segno di aver capito, senza mostrarsi né d'accordo né in disaccordo. E poi rimase in silenzio, con gli occhi che perlustravano la stanza mentre rifletteva. "Avrò bisogno di parlare con Darlene. Non so come tenerti al sicuro da un licantropo fantasma, ma farò del mio meglio."

"Se siamo fortunati è qualcosa di circoscritto alla città e il problema sparirà una volta che io sarò partita." O così sperava. Magari l'hotel era infestato dal fantasma di un lupo e il problema era quello.

Com'era diventata la sua vita?

"Noi," la corresse lui.

"Noi chi?" Aveva la netta sensazione di sapere cosa lui intendesse.

"Sei costretta a stare con me finché questa cosa non sarà risolta." E dal modo in cui Andre lo disse, sembrava una minaccia.

9

CAPITOLO NOVE

Andre doveva far uscire Em da quella stanza. Subito. Erano nuovamente vicini. Ancora un centimetro, e sarebbe stato un abbraccio.

Era quello che voleva il suo lupo. No. Lo esigeva. Voleva baciarla. Voleva lasciare il suo marchio su di lei in modo che chiunque la vedesse sapesse che era sua.

Voleva rivendicarne il possesso.

Stava impazzendo. Em respirava pesantemente, con gli occhi accesi di irritazione. Pensava davvero che lui non sarebbe rimasto con lei finché quella questione non fosse stata chiusa? Credeva davvero che ci si potesse liberare di lui così facilmente?

Non poteva andarsene.

E ora provava un po' più di simpatia nei confronti di Owen. Non aveva capito cosa avesse passato il suo amico quando aveva accettato il lavoro di proteggere Stasia. Se era stata una cosa come quella che stava provando lui non c'era da meravigliarsi...

No. Andre non pensava che lo fosse. Non era la stessa cosa. Em non era la sua compagna. Quella non era magia da licantropi.

Ma la parola *compagna* gli riecheggiò nella mente, e il suo lupo interiore brontolò con soddisfazione.

Compagna.

La sua.

Non succederà mai.

"Non c'è bisogno che tu venga con me," insisté Em. Si era formata una ruga tra le sue sopracciglia, e lui avrebbe desiderato allungare una mano e appianarla solo per vedere come avrebbe reagito.

Andre prese un lungo respiro, portando il profumo di lei in profondità nei polmoni. Dato il modo in cui gli odori erano stati cancellati dalla sua stanza da qualsiasi bestia avesse lasciato quei segni sul letto, quel profumo si sentiva con più intensità del normale, e lui ne era deliziato. "Non ti libererai di me," ripeté.

"Quindi ti batteresti con Darlene se io ti buttassi fuori?" Incrociò le braccia con un'espressione piena di sfida.

Andre si chiese se lei l'avrebbe fatto davvero. E come avrebbe reagito lui. Non aveva intenzione di combattere con quella donna. Lui era più forte, più veloce e meglio addestrato. Non aveva intenzione di fare del male a nessuno. E non pensava che Em lo avrebbe costretto.

Eppure gli si stava ribellando. "Se succederà qualcos'altro di strano te lo riferirò. Non c'è bisogno che tu interrompa la tua vita per me." Lei cominciò a ritrarsi come se volesse allontanarsi da lui, e Andre le afferrò un braccio per tenerla vicino a sé. Non stava stringendo molto. Se lei avesse lottato un po' sarebbe riuscita a sfuggirgli. Ma non lo fece. E smise di cercare di indietreggiare.

"Sappiamo entrambi che non è sufficiente." Non voleva immaginare cosa sarebbe potuto succedere se la situazione fosse passata dagli atti vandalici alla violenza.

"Deve esserlo." Lei non voleva arrendersi.

Ma la volontà di lui era forte quanto la sua. "Hai bisogno di protezione." Quelle parole erano un errore. Lo sapeva. Eppure era la verità. Come poteva non capire che nessuno avrebbe potuto proteggerla meglio di lui?

"Sappiamo entrambi che tu non vuoi proteggermi." Em sollevò un sopracciglio con aria provocatoria.

Lui le diede una piccola stretta al braccio, solo un po', come avvertimento. Ma non sapeva come risponderle. Fino al giorno prima, sarebbe stato d'accordo. Fino a due ore prima, anche. Ma ora? Ora tenerla al sicuro era la sua priorità. O magari la seconda cosa più importante che avesse in mente, finché il letto rientrava nel suo campo visivo. E non pensava ai licantropi fantasma guardandolo. "Penso che saresti sorpresa da ciò che voglio realmente," disse infine.

Lei sbuffò, e questo ruppe parte dell'incantesimo che li aveva tenuti vicini. "Tu vuoi quello che vogliono tutti gli uomini. Essere un licantropo non ti rende così speciale.”

Avrebbe dovuto sentirsi offeso? Corrugò la fronte riflettendoci, ma poi decise che era una battuta abbastanza buona da poterla prendere alla leggera. E aveva visto il desiderio negli occhi di lei. Indipendentemente da cosa sentivano a volte l'uno per l'altra, entrambi provavano un desiderio fisico. Andre aveva pochi dubbi sul fatto che sarebbe divampato in un incendio se fossero rimasti insieme da soli abbastanza a lungo.

E lui voleva bruciare.

“Cosa dice Gibson del fatto che tu resti lontano per così tanto tempo?” Aveva cambiato approccio, cercando sempre di liberarsi di lui.

Andre scrollò le spalle; aveva fatto la sua scelta e non se ne sarebbe andato. “Sa che sono qui. Può chiamarmi se ha bisogno di me.” Non erano esattamente sommersi di lavoro. La loro agenzia di guardie del corpo era nuova e lavorava su passaparola e referenze. Ciò significava che a volte potevano passare settimane senza un incarico. Con il denaro di famiglia di Gibson e le somme che l'esercito aveva versato per comprare il loro silenzio potevano gestire tutti i tempi morti.

Le spalle di Em si curvarono un po' nella resa. “Bene. Ma se crei problemi o rendi le cose più difficili di quanto dovrebbero essere, sei fuori.” Alzò una mano a interromperlo prima che potesse protestare. “Non sei l'unico lupo mutaforma al mondo. Posso sempre chiamare uno dei tuoi amici. Hai appena detto che non avete incarichi al momento. Quindi fammi incazzare e chiamerò... Rowe... a tenermi d'occhio."

Le ci volle un momento per ricordare quel nome, ma il lupo di Andre si agitò a quella minaccia e dovette trattenere un ringhio. Non avrebbe lasciato che Leland Rowe mettesse le sue luride zampe sulla sua... su Em.

Non sarebbe successo.

"Dovrai sopportarmi, tesoro," dichiarò lui, e non riuscì a evitare che un sorriso gli si aprisse sul viso, a quel pensiero. Lei poteva anche indignarsi, ma era pur sempre la sua... la donna da proteggere. Tutto lì.

Lei alzò gli occhi al cielo. "Tesoro. Vogliamo davvero metterla così, dolcezza?"

Il gioco era iniziato.

Il posto di Andre nella sua vita, per ora, era apparentemente deciso. "Se non torno al centro in fretta Melinda mi ucciderà. E quel punto il concerto sarà sicuramente annullato. Quindi andiamo." Gli fece strada per uscire. E Andre si rese conto del suo errore proprio mentre lei stava aprendo la porta.

Allungò una mano e la tirò indietro. "Passo prima io attraverso le porte. Sai bene come funziona."

Lei sospirò e distolse lo sguardo, irritata. "Questo è un piano sicuro. Non ho guardie del corpo attorno ventiquattr'ore su ventiquattro."

Forse avrebbe dovuto. Ma Andre stava imparando come prenderla, e tenne per sé quell'osservazione.

Uscì nel corridoio e lei lo seguì a ruota. E prima che

Andre potesse fare due passi un lampo brillante di luce bianca lo distrasse.

Pensò che fosse il licantropo fantasma – dovevano davvero trovare una definizione migliore di quella – ma poi udì dei passi affrettarsi nel corridoio e vide una sagoma ritirarsi attraverso un'uscita di emergenza.

"Fottuti paparazzi." Em si accigliò e urlò dietro a quell'uomo qualcosa di così creativamente insultante che Andre ne rimase impressionato.

Era pronto a partire all'inseguimento di quel tizio, ma la mano di lei sul braccio lo fermò.

"Lascialo andare," disse, sembrando abbattuta. "Non faremo che gonfiare la storia se ci opponiamo. Forza. Dobbiamo andare."

10

CAPITOLO DIECI

I muscoli di Andre si contrassero sotto le dita di Em, e lei era sicura che lui avrebbe voluto ignorare il suo suggerimento e inseguire comunque il paparazzo. Gli strinse il braccio un po' più saldamente, giusto per impedirgli di passare all'azione.

"Posso ancora prenderlo," disse lui. "Sono sicuramente più veloce di quello stronzo." I suoi occhi avevano assunto il solito luccichio dorato da lupo, ma c'era una spigolosità nei suoi lineamenti che lei non aveva mai visto prima. Se quell'avvoltoio fosse rimasto nelle vicinanze solo un po' più a lungo gli sarebbe stato possibile scattare la foto del secolo. O avrebbe potuto essere divorato da un lupo affamato.

Quello non era un infortunio sul lavoro che avrebbe potuto prevedere.

Em fu sul punto di sorridere, ma le bruciava ancora la violazione della sua privacy. "Non importa. Quegli stronzi fanno subito il backup dei dati. La foto è sicuramente già nel cloud. Non è un grosso problema. Te lo assicuro." Non era un problema insormontabile. Non stava mentendo. Ma sarebbero circolate voci di un uomo nuovo nella sua vita ancor prima che la giornata terminasse.

Voci potenzialmente fastidiose. E Andre avrebbe odiato le speculazioni di cui si sarebbe ritrovato oggetto. Ma non c'era più modo di evitarle.

Un ringhio risuonò in fondo alla sua gola, e i suoi lineamenti si fecero ancora più affilati. Così come i denti. La tenuta della forma umana sembrava gli stesse sfuggendo mentre la rabbia nei confronti del paparazzo lo pervadeva.

Non poteva succedere. Le serviva che lui fosse un uomo in quel momento, non un lupo.

Em lo spinse in una nicchia un po' più avanti lungo il corridoio. Ci riuscì solo perché Andre si lasciò guidare, su quello lei non si faceva illusioni. Ma doveva rimanere fuori dalla portata di occhi indiscreti finché non avesse ripreso il controllo sui suoi lineamenti.

Fece scorrere le mani più in alto fino ai bicipiti di lui; l'avrebbe immobilizzato se fosse stata più forte. Lui le posò le mani sui fianchi e furono abbastanza vicini da potersi baciare. Em rimase pietrificata quando se ne rese conto.

Quello era un vero abbraccio. In un qualunque momento prima di quello avrebbe potuto mentire a se stessa, ma ora erano davvero a un soffio da un bacio. Ed

Em voleva sporgersi e rubarglielo. Voleva scoprire il sapore di Andre.

Voleva tutto ciò che avrebbe potuto avere.

E la parte razionale di se stessa voleva tirarsi indietro. Era una follia. Che tipo di persona era, per ritrovarsi più attratta da Andre quando lui riusciva a malapena a mantenersi umano? Quando lasciava trasparire il mostro che viveva dentro di lui?

Ma Andre non era un mostro. Il suo lupo saliva in superficie per proteggerla. Proprio come l'uomo si era ripromesso di fare.

Ed era più che mai chiaro che avesse ragione.

Quel piano doveva essere sicuro, eppure un fotografo l'aveva raggiunto e aveva scattato una foto compromettente. Andre era stato in grado di sgattaiolare dietro le quinte come se niente fosse. C'erano falle nella sicurezza e molto più di un licantropo fantasma di cui preoccuparsi.

Em tolse una mano dal braccio di lui e la sollevò ad accarezzarlo proprio lungo la mascella, indugiando sul suo viso. Andre chiuse gli occhi lentamente e si appoggiò a quel tocco. La guancia non rasata le raschiava il palmo, e la cosa era più erotica della più intima delle carezze. Immaginò che sensazione le avrebbe dato avere la sua testa tra le cosce.

Allontanò la mano.

Doveva superare quella situazione. Era colpa dell'adrenalina. Prima l'attacco della notte precedente, poi la scoperta dell'intrusione di quel giorno, poi il paparazzo.

Tutto ciò la stava travolgendo facendole provare cose a cui non avrebbe dovuto abbandonarsi. Che non poteva permettersi di sentire.

"Dovrei andare al controllo del suono," gli disse, ma non si ritrasse, e l'altra mano era ancora sul suo bicipite.

Lui le teneva ancora le mani sui fianchi. "Hai detto che Melinda ti avrebbe ucciso se avessi fatto tardi," concordò lui, ma non fece alcun movimento per allontanarsi.

Si guardarono negli occhi. Lo sguardo di lei scese sulle labbra di Andre, e lui se le inumidì con la lingua, rendendole ancora più rosa e invitanti.

Un bacio. A cosa poteva nuocere?

Alla sua carriera. Alla sua sanità mentale. Alla sua vita.

Al suo cuore?

Quello era un organo con cui Em non stava pensando da circa un'ora. Non importava quanto lei desiderasse Andre sul piano fisico, dubitava che ci sarebbe stato di più.

Quella era un folle passione da licantropo. Evidentemente ad alcune donne succedeva e lei doveva solo trovare un modo per gestirla.

Ma per Stasia era stato più di quello. Avevano usato una parola a cui Em non riusciva nemmeno a *pensare*. Non c'era alcuna possibilità che lei e Andre potessero condividere la stessa connessione, indipendentemente da quanto torride e rapide bruciassero le cose tra loro.

Alcune persone provavano semplicemente desiderio

l'una per l'altra. E lei poteva accettare che la situazione tra loro fosse quella. Ma si rifiutava di andare oltre.

Doveva essere lei quella assennata.

"Devo andare al controllo del suono," ripeté con più fermezza. Ma non fece che stringergli il braccio più forte.

Andre la tirò un po' per i fianchi avvicinandola a sé di qualche centimetro. Il seno di lei gli sfiorò il petto, e i capezzoli le si inturgidirono per il desiderio. Se si fosse inarcata un po' avrebbe sentito la sua erezione e sarebbe stata consistente. Ne era sicura.

Le cose si stavano mettendo male. E deliziosamente bene. Lo voleva a tal punto che ebbe la tentazione di trascinarlo di nuovo nella sua suite, e al diavolo il controllo del suono. Gli occhi di lui avevano ripreso il colore normale e i lineamenti avevano perso un po' della spigolosità di poco prima. Era di nuovo umano.

Ma i suoi occhi erano di nuovo affamati come...

No. Si rifiutava di pensarlo.

Ma ricordare quella vecchia canzone che diceva proprio così le fece venire da ridere e questo ruppe il sensuale incantesimo che l'aveva ammaliata.

"Cosa c'è?" chiese Andre confuso. E la sua confusione sembrò spegnere un po' del suo desiderio.

Non avrebbe dovuto dirlo. Lui avrebbe pensato che fosse sciocca o che non stesse prendendo le cose sul serio. O semplicemente avrebbe potuto non apprezzare la battuta.

Tuttavia il pensiero di irritarlo fu sufficiente a farla

parlare. "Sembravi affamato. Come un lupo. *Hungry like the wolf.*"

Andre gemette. "Non posso crederci." Le diede uno spintone scherzoso, niente che potesse davvero farle male, e lei fece un passo indietro.

Em cantò alcuni versi, abbastanza sicura che in quel momento l'unico eventuale pericolo vicino potesse essere quel licantropo che sembrava pronto a tapparle la bocca con la sua zampa gigante per zittirla.

Cantò altri versi proseguendo spavalda nel corridoio verso l'ascensore, quasi sobbalzando per la sorpresa quando Andre si unì a lei per il ritornello.

Chi poteva immaginare che quel licantropo avesse il senso dell'umorismo? O che sapesse cantare?

Il cuore di Em accelerò un po' i battiti e minacciò di aprirsi a lui invitandolo a entrare.

Era nei guai. Se Andre avesse sorriso e cantato e si fosse comportato come un essere totalmente umano, lei avrebbe potuto iniziare a provare dei sentimenti. E non se lo poteva permettere.

Forse doveva chiamare Stasia. Tutto era iniziato con feromoni impazziti da licantropo, e doveva esserci un modo per resistere.

Lo sperava. Perché cedere alla tentazione rappresentata da Andre Gordon poteva essere la cosa più pericolosa che avesse mai preso in considerazione.

11

CAPITOLO UNDICI

Andre era dietro le quinte a guardare mentre Em iniziava il controllo del suono. Nessuno stava assistendo alle prove tranne pochi membri della troupe, ma sarebbe stato impossibile stabilirlo dall'intensità dell'esibizione. Ci mise tutta se stessa. Ed era incredibile assistervi.

Erano anni che Andre non andava a un concerto. Dopo essere stato trasformato, si era preoccupato che i suoi sensi potenziati partissero per la tangente a causa del sovraccarico provocato da un'esibizione di quel genere.

Ma tutto il suo essere era ora concentrato su Em. Tutti i suoi sensi erano in sintonia. E si sentiva bene.

O forse no.

Essere affascinato da lei significava sottrarsi ai suoi doveri. Doveva tenerla al sicuro. Doveva rimanere all'erta per attività sospette o licantropi fantasma, non ascoltarla cantare a squarciagola un ritornello sulla vendetta dopo essere stata tradita.

Chi diavolo la tradirebbe?

Di chiunque stesse cantando, lui era contento che fosse sparito. Non che fosse saggio abbandonarsi a pensieri di quel genere. Lei non era sua e non importava quanto la desiderasse.

Si costrinse a distogliere l'attenzione. Perlustrò più a fondo il retroscena per cercare di valutare l'efficienza della squadra di sicurezza. E, come sospettava, la situazione era da incubo.

Non erano concentrati come avrebbero dovuto essere. Ma Andre guardava le cose con gli occhi di un soldato. Una squadra composta da civili aveva obiettivi diversi. Tuttavia aveva la sensazione che avrebbe dovuto confrontarsi con Darlene. Non poteva dirle esattamente perché lui fosse lì. Non gli avrebbe creduto se avesse menzionato il licantropo fantasma, ma non avrebbe mai dovuto farsi sfuggire il paparazzo che era salito fino al piano di Em.

Era stato corrotto qualcuno? Si era trattato di negligenza? Voleva andare a fondo della questione, ma non era il suo lavoro. Avrebbe raccontato a Darlene quello che era successo. Lei doveva sapere. Ma Andre doveva lasciare le cose come stavano.

Per il momento.

Ed era una faccenda che poteva affrontare più tardi. Prima doveva fare rapporto. Quello non era un incarico ufficiale, ma gli altri dovevano sapere cosa stava succedendo, soprattutto a proposito dell'aspetto soprannaturale.

Da quando Stasia era stata trasformata stavano prestando più attenzione alla loro evoluzione e alla realtà di essere licantropi nel mondo. Gibson aveva mandato a sondare il terreno alcuni dei suoi vecchi contatti, che stavano cercando di raccogliere la maggior quantità possibile di informazioni anche se il tutto procedeva a rilento.

Quegli sviluppi erano la cosa più notevole successa da quando si erano trasformati, e Andre non aveva modo di sapere se ci fossero di mezzo i licantropi.

Tornò nello spogliatoio di Em, visto che era un posto abbastanza tranquillo per telefonare, e cercò di mettersi in contatto con Gibson. Ma il maggiore non rispose, e non era opportuno affrontare l'argomento in un messaggio. Poteva richiamare più tardi, ma doveva parlare con qualcuno. E Stasia probabilmente era impaziente di sapere se le cose stessero andando bene con Em. Così chiamò Owen.

Seguì distrattamente col dito le scanalature sul ripiano simili agli strappi nel costume di scena e nelle lenzuola. Non erano molto profonde. Potevano essere state incise con un coltello o forse addirittura con una penna, con sufficiente tempo a disposizione. Ma Andre ne dubitava.

Il suo amico rispose al primo squillo. "Mi aspettavo di sentirti prima," disse Owen, ma non c'era traccia di accusa nelle sue parole. Era un tipo allegro, quasi sempre ottimista, che si aspettava la stessa cosa da chiunque altro.

Andre non aveva idea di come loro due fossero diventati migliori amici. "Sono state ore interessanti." Raccontò a Owen degli strappi nell'abito e nelle lenzuola e della strana assenza di odori.

Per mezzo secondo prese in considerazione l'idea di parlargli dell'esplosiva attrazione fra lui ed Em, ma si trattenne. *Quello* non aveva niente a che fare con il licantropo fantasma. E del resto Em non era la sua compagna.

Il suo lupo brontolò a quel pensiero; aveva altre idee.

Comunque non erano affari di Owen. Quindi Andre tenne per sé la questione.

"Un licantropo fantasma?" Owen era scettico, e se Andre non stava prendendo un abbaglio nella voce dell'amico c'era un accenno di ilarità.

"Lo so che sembra una cazzata. Come lo chiameresti altrimenti? Pare che abbia gli artigli e non ha nessun odore. Nessuno ha visto niente." Ma Andre avrebbe dovuto verificare se ci fossero filmati dalle telecamere di sicurezza.

"Sei sicuro che non sia solo Febreeze?" chiese Owen con calma.

"So che odore ha il Febreeze. Lo conoscono tutti. Perché continuate a chiederlo?" Aveva quel naso sulla faccia da trentatré anni. Sapeva che odore avevano le cose.

"Continuo a chiederlo secondo te? L'ho chiesto una volta sola." Il tono di Owen era ancora scherzoso. Forse era per quello che erano amici. Owen non si arrabbiava quando Andre se la prendeva con lui.

"Em ha chiesto la stessa cosa. Non è Febreeze. Non è niente. È un vuoto, una totale assenza di odore. Non so se ne sia responsabile un fantasma o se esista una specie di incantesimo in grado di cancellare un odore. Brancolo nel buio." Non sapeva che tipo di magia esistesse davvero. Ovviamente ce n'era una che poteva trasformare gli uomini in lupi. Ma il resto era un mistero.

Owen emise un fischio. "Pensi che ci trasformiamo in fantasmi quando moriamo?" disse, riflettendo ad alta voce.

Non era il momento di scherzare. "Stai suggerendo che Em sia *perseguitata* da un licantropo?"

"Sei tu che hai parlato di un licantropo fantasma." Owen ovviamente si era sentito in dovere di sotto-linearlo.

In effetti l'aveva fatto, ma Andre era piuttosto sicuro che non si trattasse di un *vero* fantasma, ammesso che esistesse una cosa del genere. "Parlane con gli altri," propose. "Magari ne salterà fuori qualche idea."

Owen lasciò perdere le battute. "Sarà fatto. Hai bisogno di rinforzi? Rowe non vede l'ora di venire ad aiutarti."

Andre non ringhiò, e ne fu orgoglioso. Ma rimase silenzioso più a lungo di quanto avrebbe dovuto. E Owen l'aveva certamente notato.

"Sto bene," disse infine.

"C'è qualcos'altro che vuoi dirmi?" suggerì Owen, e

Andre riuscì quasi a percepire il fastidioso sorriso sulla sua faccia. Bastardo.

"NO," rispose, scandendo bene la sillaba. Ci aveva messo abbastanza enfasi da considerare chiuso l'argomento.

"Sei sicuro?" Owen non rinunciava a punzecchiare, alludere e provocare.

C'erano diverse cose che Andre avrebbe potuto dire, una più incriminante dell'altra. Così, per non rischiare, allontanò il telefono dall'orecchio e chiuse la comunicazione premendo sullo schermo più forte del necessario. Fortunatamente non abbastanza forte da romperlo. Sarebbe stato irritante.

E anche se la chiamata era stata interrotta, gli sembrò quasi di sentire la risata di Owen. Già, l'amico sospettava che stesse succedendo qualcosa. E alla fine avrebbe cominciato a mettere in discussione le cose.

Ma Andre non avrebbe permesso che succedesse qualcosa. Non tra lui ed Em, e soprattutto non avrebbe permesso che alcun pericolo la raggiungesse. Ciò significava doverle stare vicino. Ma lui era un professionista. Non sarebbe stato un problema.

Sul telefono arrivò la notifica di un messaggio in entrata. "Faremo dei controlli riguardo al maledetto licantropo fantasma. Ricordati di usare le protezioni."

E poi un altro messaggio. "Preservativi. Intendo i preservativi. Non so che protezioni tu possa usare contro il licantropo."

"Fanculo, amico." Andre silenziò il telefono e se lo

infilò in tasca prima di poter inviare qualunque tipo di risposta.

Già, lui non stava affatto nascondendo i suoi sentimenti. E non riusciva a immaginare quale sarebbe stata l'opinione di Stasia sulla situazione. In ogni caso Em sapeva gestire sua sorella. E con quel pensiero in mente si diresse di nuovo verso le fasce laterali del palco per guardare la fine delle prove.

Quello era il tipo di tentazione a cui si sarebbe arreso. Si sperava che la cosa gli avrebbe permesso di respingere i suoi peggiori istinti.

12
CAPITOLO DODICI

Il controllo del suono andò proprio come previsto, e per la prima volta in tutta la giornata Em si sentì davvero pronta per lo spettacolo di quella sera. Aveva lasciato scivolare via dalla sua mente ogni pensiero su licantropi fantasma e su licantropi viventi e sexy, immergendosi nella sua musica.

Ringraziò la sua band come faceva dopo ogni esibizione, e il suo chitarrista Jerry le rivolse qualche domanda prima che lei potesse finalmente andarsene. Si sentì attratta come una calamita da Andre, ma fu Vi, la stessa ragazza della troupe che aveva visto quel giorno, a catturare la sua attenzione.

La donna dai capelli viola stava armeggiando con uno degli altoparlanti, con un'espressione di grande concentrazione e di frustrazione stampata in volto.

"Per il fantasma di Ecate, avrò la meglio su di te," mormorò Vi rivolta all'apparecchio mentre lo colpiva su un lato scuotendo poi la mano come se si fosse fatta male.

Cosa aveva esclamato? "Va tutto bene?" chiese Em. Melinda era sicura di essere al corrente di qualsiasi cosa non andasse per il verso giusto, ma ad Em piaceva prenderne nota, quando poteva. Era meglio sapere le cose in anticipo, per poi non avere sorprese.

Vi colpì nuovamente l'altoparlante e gettò a terra i suoi attrezzi. "Era un po' ronzante. Se non riesco a sistemarlo farò venire uno dei tecnici a dare un'occhiata. Dovrebbe essere tutto a posto per lo spettacolo."

Era un contrattempo abbastanza normale. Stava quasi per chiedere a Vi cosa avesse esclamato inizialmente, quando si rese conto che non erano affari suoi. La gente diceva cose strane tutto il tempo e in questo non c'era niente di offensivo.

Em aveva un programma a cui attenersi. L'ora del concerto si stava avvicinando, e presto i fan si sarebbero messi in coda fuori dal complesso. Il suo numero di apertura senza dubbio doveva trovare un'opportuna collocazione, e a quel punto il suo compito era quello di togliersi di mezzo.

Avrebbe probabilmente fatto buon uso del suo tempo rintracciando Darlene e assicurandosi che Andre fosse su qualsiasi lista in cui doveva comparire. Con quell'idea in mente si allontanò da Vi, ma si fermò quando vide qualcosa di strano muoversi all'ombra del palco.

All'inizio pensò che fosse Jerry o uno degli altri

compagni della band. Ma Kristin e Floyd erano ancora sul palco e chiunque, o qualunque cosa, si stesse muovendo, era troppo piccolo per essere Jerry. Avrebbe potuto essere un membro della troupe. Ma non aveva mai visto nessuno di loro muoversi in quel modo.

E per un momento Em dimenticò tutti i pericoli che la minacciavano e si mosse verso l'ombra proprio come una stupida qualsiasi in un film dell'orrore.

Fu trattenuta dalla mano che Vi le posò sulla spalla. "Che cos'è?" chiese la ragazza. Aveva un tono completamente diverso da quello che aveva avuto fino a un attimo prima, del tutto serio, come se non si trattasse solo di un'ombra strana.

Il cuore di Em iniziò ad accelerare i battiti e lei desiderò che Andre fosse al suo fianco. Dov'era? Quella era la cosa che aveva distrutto la sua roba? O stava dando di matto per niente?

L'ombra si mosse, e improvvisamente Em fu certa che fosse più di una semplice ombra. Scorse quattro zampe e un corpo raccolto su se stesso mentre quella cosa correva verso di lei. Em rimase pietrificata, incapace di spostarsi e sicura di essere sul punto di morire.

E poi apparve Andre, che la superò andando direttamente incontro alla bestia come se lanciarsi nel pericolo per lui non significasse nulla.

Em avrebbe voluto rincorrerlo. Quell'ombra mostruosa era spaventosa, come uscita da un incubo. Era certa che avesse zanne lunghe come il suo braccio e probabilmente indicibili poteri. Sapeva che non era niente di naturale.

Il pericolo era reale e Andre ci si stava lanciando direttamente contro.

"Cos'è stato?" chiese Vi. Era in piedi un passo davanti a Em, il che era strano, perché era alle sue spalle un attimo prima che Em vedesse la bestia.

Si era spostata per vedere meglio? O si era messa di proposito davanti a Em?

E cosa ci faceva lì? Non era compito suo riparare gli altoparlanti.

Vi incontrò il suo sguardo, e l'azzurro brillante degli occhi della ragazza sembrò virare per un attimo verso qualcosa di più scuro, quasi viola.

"Cos'era quella cosa?" ripeté insistentemente.

Em sbatté con forza le palpebre e scosse la testa. Evidentemente era più fuori di sé di quanto pensasse se stava mettendo in discussione ogni singolo membro della troupe. Non sapeva quali fossero le responsabilità di Vi. Probabilmente non stava facendo niente di strano. Ed Em sicuramente *non* voleva parlarle dei licantropi. "Un gatto, magari, o qualcosa del genere. Forse un cane randagio. Sono sicura che è tutto a posto."

Si sforzò di percepire una qualsiasi traccia della presenza di Andre, ma ovunque fosse andato, lui era lontano.

Doveva stare bene. Era venuto a proteggerla, e lei non sapeva come avrebbe reagito se per colpa sua lui fosse stato ferito.

13
CAPITOLO TREDICI

ANDRE CORSE ALL'INSEGUIMENTO DELLA BESTIA COME SE NE andasse del destino del mondo. Evitò le attrezzature sparse in giro e superò una panca con un salto mentre il mostro svoltava in un corridoio e procedeva oltre nell'oscurità.

Non sapeva se si stesse facendo condurre da qualche parte o se la bestia si muovesse seguendo il suo istinto. Solo quando fu lontano da Em e dal resto degli umani gli venne in mente che avrebbe potuto esserci un branco di quelle cose ad aspettarlo chissà dove.

Non aveva importanza. Purché fosse lontano da Em. Magari era presuntuoso, ma Andre era disposto a mettere alla prova le sue abilità contro una banda di quelle cose in qualsiasi momento.

Nell'oscurità era difficile distinguere la bestia. Sembrava una specie di lupo coperto di pelo nero che pareva confondersi nel buio. Ma il corridoio non era completamente immerso nelle tenebre, c'era una luce fioca che permetteva ad Andre di vederlo muoversi nell'ombra.

Come mai nessuno l'aveva notato? Era un lupo di normale grandezza. Anche un cane randagio avrebbe dovuto attirare l'attenzione. Ma era riuscito ad arrivare fino al palco senza che nessuno dicesse una parola.

Si trattava di magia? O la squadra di sicurezza era sempre più distratta?

Il ringhio del lupo riecheggiò nel corridoio, e Andre si accorse di averlo messo all'angolo. C'era una serie di porte chiuse che il lupo provò a caricare, ma fermandosi prima si sbattere contro il pesante acciaio. Le porte rimanevano ostinatamente chiuse. Andre non sapeva a cosa conducessero, ma almeno il lupo non poteva proseguire oltre.

Desiderò mutare nella sua altra forma. Se l'avesse fatto avrebbe avuto maggiori possibilità di ferirlo. In forma umana non aveva denti appuntiti o artigli affilati per combattere la bestia. Ma ci sarebbe voluto tempo per trasformarsi, tempo che lui non aveva. E gli era già capitato di combattere contro un lupo restando in forma umana.

Era un gioco cui di tanto in tanto a lui e ai suoi compagni di branco piaceva dedicarsi. Ed era un gioco in cui Andre era piuttosto bravo.

"Stai calmo, cucciolo," disse con lo stesso tipo di

tono conciliante che avrebbe potuto tenere con un cane spaventato. Se fosse riuscito a fermare la lotta prima ancora che iniziasse, sarebbe stato sicuramente meglio. Non sapeva perché quell'animale volesse aggredire Em. In realtà non poteva nemmeno essere certo che fosse *quella*, la bestia in questione.

Ma mentre si avvicinava si rese conto che doveva esserlo. Era stato troppo preoccupato durante l'inseguimento per notarlo, ma sebbene l'animale sembrasse un lupo e si muovesse come un lupo, non ne aveva l'odore.

Non aveva nessun odore.

Nessun essere vivente che Andre avesse mai incontrato era così.

Tutto aveva un odore. Tranne quella bestia.

Il lupo si raddrizzò sulle zampe e gli occhi gialli lampeggiarono nella luce fioca. E anche quello era strano. Erano come gemme incastonate nel muso, piatte eppure quasi scintillanti. Non sembravano occhi normali. C'era qualcosa di strano in quella bestia.

E Andre cominciava a chiedersi se fosse davvero un lupo.

Di certo i denti erano da lupo, e la bestia li scoprì guardandolo. Il ringhio avrebbe potuto spaventare un altro uomo, ma Andre si limitò ad assumere una posizione difensiva sorridendo. Visto il modo in cui la tensione gli aveva irrigidito le membra per tutto il giorno, aveva una gran voglia di combattere. E quel lupo era proprio l'avversario giusto per accontentarlo.

Doveva fermarlo prima che qualcuno venisse da quella parte. E non solo per la sicurezza di chi si fosse avvicinato. Dopo che quel fotografo aveva immortalato lui ed Em insieme, sicuramente sarebbero girate delle voci e quello era un altro modo in cui poteva proteggerla. Chi sapeva quali voci sarebbero circolate se qualcuno avesse avvistato un lupo dietro le quinte ad un suo concerto? Poteva far sì che almeno *quello* non accadesse.

Il lupo balzò in avanti, e Andre lasciò perdere ogni riflessione sul proteggere la reputazione di Em. Non ci fu più nulla al di fuori del combattimento.

E la bestia ci sapeva fare. Lo azzannò con quei terribili denti e lo colpì con gli artigli. Andre si difese, facendo del suo meglio per evitare tutte quelle armi affilate e mirando al tenero ventre e alla gola del lupo.

Non aveva armi da fuoco con sé. Quelle avrebbero potuto rendere tutto molto più facile.

Però aveva un coltello. E l'aveva tirato fuori senza pensarci due volte usandolo al posto dei suoi stessi artigli. Ma a dispetto di quanto abilmente lo brandisse e di quanto fosse certo di aver colpito il lupo, dal suo pelo non colava sangue.

Andre avrebbe voluto poter dire lo stesso di sé. Una brutale artigliata gli aveva dilaniato una spalla, e i denti della bestia avevano trapassato i suoi jeans affondando nella carne della coscia.

Il dolore sarebbe cresciuto in fretta. E il lupo non mostrava alcun segno di cedimento.

Ringhiò di nuovo digrignando i denti, e stavolta anche Andre emise un ringhio minaccioso.

Il lupo si immobilizzò. Si fissarono negli occhi e Andre cercò di vedere una qualche forma di intelligenza, di coscienza, nel suo sguardo. Non combatteva come un animale selvatico.

Stava cominciando a pensare che non si trattasse di niente del genere.

Andre ringhiò di nuovo facendolo arretrare. Avanzò verso di lui con il coltello al fianco e pronto ad infliggere la maggior quantità possibile di danni.

Il lupo attaccò di nuovo e Andre scartò di lato per evitare il colpo, ma valutò male le distanze e andò a sbattere contro il muro.

Le luci si accesero sul soffitto e lui si rese conto che doveva aver urtato l'interruttore. Trasalì per l'improvvisa luminosità e si voltò, pronto ad affrontare nuovamente la bestia.

Ma tutto ciò che vide fu un filo di fumo nero che si dissolse rapidamente.

Nessun lupo.

E la porta dietro a dove era stato era ancora chiusa.

Andre la controllò trovandola proprio chiusa a chiave. Il lupo non se n'era andato da lì.

Cominciò a pensare che si fosse davvero dissolto in uno sbuffo di fumo.

Ma era stato tutto molto reale. Il sangue che gli colava sulla gamba e che gli macchiava la camicia ne era la prova.

Un lupo che poteva trasformarsi in tenebra. Doveva trovare Em. Lei non poteva farci niente, ma doveva saperlo. Dovevano elaborare una strategia con queste nuove informazioni.

Se c'era una certezza, era che non l'avrebbe lasciata al buio.

<h1 style="text-align:center">14</h1>

CAPITOLO QUATTORDICI

ALLA FINE EM SI STANCÒ DI ASPETTARE E ANDÒ A CERCARE Andre. Non era ansiosa di trovare il lupo fantasma o qualunque cosa fosse, ma finché Andre era lì lei sapeva di essere al sicuro. E non voleva pensare a cosa avrebbe fatto se gli fosse successo qualcosa a causa sua.

Era la sua guardia del corpo. Che le piacesse o no. Ma questo non significava volere che gli venisse fatto del male.

Era proprio il contrario.

Non dovette fare molta strada prima di trovarlo barcollante lungo il corridoio, mentre con una mano coperta di sangue cercava di tamponare le ferite sulla spalla.

Si precipitò da lui. "Oh mio Dio, stai bene?" Domanda stupida. Stava sanguinando. Ovviamente non stava bene.

Il volto di Andre si contrasse in una smorfia. Senza

pensarci due volte, Em si avvicinò e si mise sotto il suo braccio illeso per sostenerlo, guidandolo nuovamente verso il suo camerino. Se quel fotografo fosse stato nei paraggi in quel momento, avrebbe scattato una foto da urlo. Ma evidentemente la fortuna le stava sorridendo, visto che il corridoio era stranamente deserto.

Entrarono nel camerino e lei lo aiutò con delicatezza a sedersi sul suo divano. La stoffa era scura, ma in quel momento Em non era particolarmente preoccupata all'idea che si potesse macchiare. C'era una piccola cassetta di pronto soccorso sotto la specchiera e lei l'afferrò, per poi aprirla e cercare il materiale necessario.

"Non sentirti in dovere di farlo," le disse Andre anche se lei gli stava dando le spalle. Era ancora seduto, e la sua voce aveva un tono ruvido derivante dal dolore che l'accaduto, qualsiasi cosa fosse stata, gli stava provocando. "Guarirò presto. Io guarisco in fretta."

Em si voltò invece verso di lui con un flacone di soluzione salina e alcune bende di garza. "Quindi sai quanto guarisci in fretta quando un licantropo fantasma ti aggredisce?" lo sfidò, con più vigore di quanto ne provasse. Le tremavano le mani, e il tremore minacciava di trasferirsi all'intero corpo. Era tutto molto *reale*. Non era solo qualche strappo nei vestiti o nelle lenzuola. Era pelle dilaniata. La spalla di Andre era dilaniata. Ed Em era sul punto di andare fuori di testa.

Andre le rivolse un sorriso sofferente. "D'accordo, questa è una novità. Ma sta *davvero* guarendo." Si tolse la camicia perché se ne rendesse conto anche lei.

Le si azzerò la salivazione. Aveva già visto un sacco di uomini a torso nudo. Era quasi una necessità, nel suo lavoro. Ma Andre era un discorso a parte. Persino con un rivolo di sangue a ricordarle ciò che aveva appena passato, voleva ancora sentire le superfici solide del petto di lui sotto le sue mani.

E sentirle con la bocca.

Ma non aveva intenzione di farlo. Perché lui aveva bisogno di aiuto.

"Un lupo ti ha mangiato la lingua?" chiese Andre.

Beh, l'avrebbe preso a schiaffi volentieri. Era del tutto infantile. Perché si sentiva un po' come una bambina piccola presa in giro al parco giochi? Ma poi Andre si agitò sul divano e rabbrividì. E ogni pensiero su schiaffi e derisioni svanì.

Si inginocchiò sul divano accanto a lui e impregnò una delle bende di soluzione salina, usandola per lavare via un po' di sangue dalla ferita. Era brutta, ma lui aveva ragione. A quel punto non sembrava più la conseguenza dell'aggressione di un animale selvatico. Sembrava il genere di graffio che avrebbe potuto procurarsi per sbaglio con qualcosa di appuntito o qualche altro tipo di ferita facile da motivare.

Andre posò la mano su quella di lei impedendole di muoversi. "Sto bene, te lo assicuro." Si guardarono di nuovo negli occhi e lei sentì il peso del suo sguardo. Se non stava bene, era un gran bugiardo. Ma lei non pensava che avrebbe mentito su una cosa come quella. Era lì per tenerla al sicuro.

"L'hai ucciso?" chiese Em. Cosa era diventata la sua vita per dovergli fare una domanda del genere?

Lui scosse la testa con espressione cupa. "È scomparso."

Em non capì cosa intendesse, ma era più concentrata sulle sue ferite in via di guarigione. "Non prima di averti provocato questi orribili squarci."

"Purtroppo no."

"Come ha fatto a scomparire? Dov'è andato? È fuggito all'esterno?" Sperava che non ci fosse qualche licantropo fantasma ad aggredire i suoi fan, ma a quel punto probabilmente qualcuno avrebbe già detto qualcosa.

Voglio dire che è *scomparso*," ripeté lui, sottolineando la parola con la voce. "Un attimo prima stavamo combattendo e quello dopo è letteralmente andato in fumo. Semplicemente sparito."

"Come per magia." Non era una domanda. Lei poteva accettare l'esistenza dei licantropi. Anche quelli creati mediante la magia. Ma la magia di per sé era ancora un concetto difficile da metabolizzare.

"Sì." Lui si agitò ancora e strizzò gli occhi mentre rifletteva. "Ho sbattuto contro il muro e urtato l'interruttore della luce," disse. "È stato allora che è scomparso. Prima era piuttosto buio."

"Quindi pensi che abbia paura della luce? O forse c'è una specie di... roba magica... che gli impedisce di attaccare con la luce?" Non era un tipo di logica che fosse solita usare, ma avevano bisogno di ricavare informazioni utili da ciò che era successo.

Andre non fu molto pronto a concordare. "Non riporrei lì le nostre aspettative. Non vogliamo giungere a conclusioni sbagliate e farci mordere il culo. Tuttavia ti incoraggerei *certamente* a tenere le luci accese."

Non era quello il momento di spiegare come avrebbero funzionato le luci per il concerto. Forse Em era grossolanamente ingenua, ma se c'era qualcosa a controllare quel licantropo fantasma, doveva presumere che non l'avrebbe indotto ad attaccare durante l'esibizione.

Chi faceva uso della magia probabilmente non voleva che fosse scoperta da molta gente, visto che non si era presentato fino a quel momento. E un licantropo che attacca nel bel mezzo di un concerto sarebbe stato un modo efficace di annunciare l'esistenza della magia al mondo intero.

"Sì, penso ancora che dovresti cancellare il concerto," disse Andre rispondendo alla domanda inespressa.

Per qualche ragione quell'osservazione le suscitò una sommessa risata. "E io ancora non ho intenzione di farlo. Non penso proprio che mi attaccherebbe davanti a tutta quella gente."

"Ha appena cercato di aggredirti davanti all'intera troupe," le fece notare lui.

"Non è vero," rispose lei. "Stava annusando l'attrezzatura. Sei tu che l'hai inseguito. Non sappiamo se stesse per aggredirmi."

"Stai giocando con la tua vita." Lo sguardo di lui fu quasi abbastanza intenso da indurla a tirarsi indietro.

Quasi. "Allora proteggimi. Hai fatto un buon lavoro finora."

Andre gemette, e lei si sforzò di non immaginare che tipo di suoni gutturali avrebbe emesso se fossero stati a letto insieme.

Qualcuno bussò alla porta, ma prima che Em potesse dire qualcosa Darlene la stava già aprendo.

"Non c'è più traccia di quel fotografo," disse. Poi posò gli occhi su Andre, che stava per rimettersi la camicia. Spostò lo sguardo dall'uno all'altra per qualche istante, ma non chiese cosa stesse facendo Em con un uomo a torso nudo nel suo camerino.

Darlene poteva trarre le conclusioni che preferiva.

"Andre resterà con noi per un po'," la informò Em, ignorando le implicazioni dell'essere stati colti in una situazione particolare. Lei era una donna adulta. Poteva avere tutti gli uomini a torso nudo che voleva nel suo camerino. "Puoi procurargli una stanza per stanotte?"

Darlene fece una smorfia e scosse la testa. "Non si può fare. L'hotel è al completo. Dovrà dormire con uno degli altri membri della squadra di sicurezza."

Em non ebbe bisogno di vedere l'espressione di Andre per sapere che la risposta era un no. "La mia suite è abbastanza grande per entrambi. Può dormire sul divano o possiamo farci dare un letto pieghevole. Troveremo una soluzione." Non voleva ammettere che il pensiero di avere Andre accanto la facesse sentire meglio. Lui poteva proteggerla dai mostri se era abbastanza vicino da sentirla urlare.

Darlene sembrò reprimere un sorriso, come se presumesse che Em volesse solo salvare le apparenze. Ma Em non era una verginella e non le importava che la gente pensasse che lei e Andre andassero a letto insieme. "Avevi bisogno di me per qualcos'altro?"

"È quasi ora di andare in scena. Devi cominciare a prepararti."

"Puoi spiegare un po' ad Andre le vostre regole sulla sicurezza?" chiese Em. Sembrava che potesse cavarsela bene anche da solo, ma Em non ne fece cenno.

Darlene annuì.

Em finalmente tornò a guardare Andre. C'era uno strappo nella camicia dove il licantropo fantasma l'aveva attaccato, ma non era troppo vistoso e la pelle sottostante sembrava essere per lo più guarita, forse era rimasta solo un po' arrossata. Con la giacca a coprire le macchie di sangue nessuno se ne sarebbe accorto, e anche i jeans scuri sarebbero passati inosservati nella penombra del backstage. Lui le rivolse un sorriso tirato e un cenno del capo. Non potevano parlare liberamente davanti a Darlene, ma lei sapeva su cosa Andre si sarebbe concentrato.

"Buona esibizione," le augurò, anche se avrebbe voluto che lei la cancellasse. "Prometto che ti terrò al sicuro."

E la cosa più folle di tutte era che lei gli credeva.

15
CAPITOLO QUINDICI

NONOSTANTE LE IMPRESSIONI INIZIALI, ANDRE DOVETTE ammettere che Darlene e la sua squadra avevano un piano di sicurezza decente. Lungi dall'essere perfetto, ma in circostanze normali avrebbe funzionato a dovere.

E lui era lì per assicurarsi che alla fine tutto potesse tornare alla normalità.

Darlene era furiosa per il fatto che il fotografo fosse riuscito a raggiungere le stanze dell'hotel, ma aveva già scoperto com'era successo – aveva corrotto un impiegato dello staff – e stava lavorando per rimediare al problema. Lavorava in fretta, e Andre aveva la sensazione che potesse essere utile anche nel combattere la bestia misteriosa. Aveva la testa saldamente sulle spalle e sembrava tenere un atteggiamento molto flessibile.

Non che lui avesse intenzione di dire una sola parola riguardo al licantropo fantasma. Riusciva ancora a malapena a non alzare gli occhi al cielo pensando a quella definizione. Ma aveva visto la bestia con i suoi occhi. Ombre e artigli e occhi lucenti.

In qualche modo era una minaccia per Em. E lui non aveva intenzione di lasciare che le si avvicinasse ulteriormente.

"Quindi sei un investigatore privato?" chiese Darlene fingendo indifferenza.

Era a caccia di informazioni. Non capitava tutti i giorni che uno sconosciuto come lui si presentasse di punto in bianco e si sedesse a torso nudo nel camerino del suo capo.

O forse si stava prendendo in giro da solo. Magari Em aveva uomini che entravano e uscivano dal suo camerino, e da altre zone, a tutte le ore.

Il suo lupo si agitò sottopelle. Non gli piaceva quell'ipotesi, proprio no. Em era... non voleva percorrere quella strada. Lui non poteva ignorare l'attrazione che ardeva tra loro, ma la cosa non poteva portare a niente di buono.

E certamente non aveva intenzione di lasciarsi andare a pensieri che lo avrebbero condotto solo a un'agonia emotiva.

"Avevo bisogno di un nuovo lavoro dopo il congedo." Non voleva mentire troppo, se poteva evitarlo. Le bugie avevano il brutto vizio di accumularsi... ma avrebbe giocato un po' con la storia fornita da Em.

"Da quanto tempo sei nel giro?"

"Da un paio d'anni." Era una guardia del corpo... e

un licantropo, da allora. Ma il mestiere si avvicinava a quello dell'investigatore privato, giusto? Sembrava di sì. Ma probabilmente stava mentendo anche a se stesso.

Darlene sembrò accontentarsi. "Allora, cosa pensi che stia succedendo? Ci sono in ballo cose strane che non riesco a capire."

"Sto cercando di venirne a capo." E non ne aveva idea. "Che tipo di cose strane?" Em gli aveva raccontato solo di vestiti strappati e di incubi. Per quanto ne sapeva lei, per il resto le cose erano normali.

Ma Darlene scuoteva la testa. "Sono sicura che sia solo la mia immaginazione. Alcuni posti mi fanno venire la pelle d'oca. Come se qualcuno mi stesse osservando nel buio. Pronto ad attaccare. Ma credo che sia solo perché ho guardato troppi film dell'orrore."

Oppure c'era una bestia che si aggirava nell'ombra. Ma Andre non lo disse ad alta voce. Non c'era ancora bisogno di parlarne. Se avesse dovuto dirglielo, l'avrebbe fatto. Sperava solo che non ci si dovesse arrivare.

"È un problema se gironzolo dietro le quinte durante il concerto? Voglio farmi un'idea di quello che succede." E voleva vedere se il mostro si sarebbe di nuovo fatto vivo. Era audace e probabilmente lo sarebbe diventato sempre di più.

"Purché tu non sia di intralcio alla troupe. E mettiti questo," disse, porgendogli un tesserino di plastica fissato a un cordino. "Tienilo in vista. Tutti sapranno che sei autorizzato a stare lì dietro."

Andre si mise il cordino al collo senza farle notare

che aveva vagato per ore dietro le quinte tranquillamente e senza alcuna forma di identificazione.

"C'è un punto ai lati del palco da dove puoi guardare lo spettacolo," gli disse. "Solo assicurati di non essere visto dal pubblico e di lasciare libero il passaggio quando serve."

Lui annuì e se ne andò. Era molto tentato di assistere all'esibizione. Non era mai stato nel backstage di un concerto prima di allora. Ma aveva la sensazione che Em avesse ragione e che la bestia non l'avrebbe aggredita mentre era in scena. Almeno, non ancora. Sembrava che stesse alzando il tiro, ma quella sarebbe stata un'escalation troppo rapida. Probabilmente prima avrebbe cercato di arrivare a lei in qualche altro modo.

Andre non glielo avrebbe permesso.

Tornò verso i camerini pensando che la bestia era entrata in quello di Em la sera prima, quindi perché non avrebbe dovuto riprovarci? Trovò Vi in piedi davanti alla porta del camerino di Em, intenta a fare strani movimenti con le mani.

Aveva in mano una torcia elettrica? Qualcosa sembrava brillare, ma lui non riusciva a vedere cosa fosse. Si avvicinò di un passo, ma prima che potesse chiedere spiegazioni tre delle coriste di Em si precipitarono nel corridoio, probabilmente per un cambio di costume. E anche se non c'era stato tempo di allontanarsi, Vi non era più lì.

Questo era strano. E ad Andre non piacevano le cose strane.

Si avvicinò alla porta e l'aprì, infilando la testa all'interno per vedere se Vi si fosse nascosta lì dentro. Ma non c'era nessuno nella stanza. Sentiva l'odore di Em e il suo, insieme a un accenno di quello di Darlene che era lì poco prima. C'erano anche altri aromi che lui non riconosceva. Probabilmente provenivano dai truccatori o dai costumisti. Ma non c'era quella mancanza di odore tipica del licantropo fantasma... della bestia oscura. Ecco, quella era una definizione migliore. Nessun odore dalla bestia oscura.

E non gli sembrava di aver sentito quello di Vi, anche se ricordava che avesse una nota strana. In realtà non riusciva a ricordare esattamente il suo odore.

E questo, già di per sé, era strano. Lui non aveva difficoltà a memorizzare l'odore delle persone, era quasi la stessa cosa che memorizzarne i volti. Ma Vi era un'immagine confusa nella sua mente. E lui non riusciva a ricordare di aver mai incontrato qualcun altro che gli avesse fatto lo stesso effetto.

L'avrebbe tenuto a mente. Forse sarebbe stato necessario interrogarla. Dopo tutto, lei partecipava a quel tour da un po', e come minimo aveva probabilmente visto alcune delle cose strane che Darlene aveva menzionato.

Vagò ancora un po' dietro le quinte e giunse infine a lato del palco proprio mentre Em iniziava a cantare uno dei suoi più famosi successi e la folla si scatenava.

Trasalì e indietreggiò per il forte rumore. Forse un concerto rock non era il posto più adatto a un licantropo. Ma dato che si trovava a lato del palco era dietro gli enormi altoparlanti che emettevano la musica verso le migliaia di persone del pubblico, e ciò significava che non era assordante come sarebbe stato altrimenti.

Era quasi doloroso. Ma dopo che Em ebbe iniziato il pezzo, il dolore svanì mentre lui la guardava cantare mettendoci tutta se stessa.

Andre aveva pensato che la performance durante il controllo del suono fosse tutto quello che lei aveva da dare. Ma non si era reso conto di quanto si fosse trattenuta in realtà. Non aveva mai visto prima quel lato di Em. Ce n'erano stati solo accenni. E lei aveva sempre quella caratteristica irresistibile.

Gli faceva desiderare delle cose. Più di un semplice giro tra le lenzuola. Gli faceva desiderare ciò che lui aveva visto solo una volta in passato, ciò che aveva pensato non potesse esistere.

Una *compagna*.

Era il destino? Erano gli ormoni? Qualcosa di quantificabile?

Non sapeva se gli importasse o no. Il suo lupo voleva fare irruzione sul palco e reclamare Em di fronte a tutta quella gente, affinché tutti sapessero esattamente di chi fosse il marchio che portava.

Ma lei non portava alcun marchio. E non era una sua proprietà. E Andre dovette allontanarsi dal palco mentre la canzone finiva. Un assistente gli lanciò un'occhiataccia penetrante, e lui si rese conto che la folla poteva quasi vederlo.

Si ritirò nell'ombra e poi si addentrò ulteriormente nel backstage per fare più attenzione all'eventuale comparsa della bestia oscura.

Era lì per una ragione e doveva tenerla a mente. Em non era sua. Ma lui l'avrebbe tenuta al sicuro.

16
CAPITOLO SEDICI

Em era piena di energia e tornò alla sua suite praticamente saltellando. Il pubblico si era entusiasmato e la loro eccitazione non aveva fatto altro che farla sentire ancora più elettrizzata. Era così dopo un buon concerto. Esibirsi la faceva sempre sentire bene, anche quando stava uscendo da qualche malanno o delusione d'amore.

Ma serate come quella erano l'obiettivo di quel mestiere. Il pubblico la trascinava con la sua eccitazione e lei regalava tutta se stessa.

Non c'erano minacce quando stava su quel palco. Non c'erano fotografi in agguato dietro l'angolo che cercavano di realizzare servizi scottanti. C'erano solo lei, i suoi fan e la musica.

Aveva voglia di ballare. Aveva voglia di correre di nuovo sul palco e di cantare per un'altra ora.

Una risata rauca le risuonò in fondo alla gola e lei si perse in un turbinio di emozioni. Era una bella serata.

Ma dopo un breve momento di incontro e saluti in cui si era fatta fotografare e aveva firmato autografi, si era diretta verso la sua stanza. Un'altra rockstar avrebbe potuto farsi portare in città e bere fino all'alba. Ma a dispetto di quanto fosse carica di energia, sapeva che il giorno dopo se ne sarebbe pentita.

Anche se quasi quasi ne sarebbe valsa la pena.

Aprì la porta della sua suite mentre cantava un pezzo che le era rimasto in testa. Era una delle canzoni che facevano parte del suo numero di apertura, e ogni volta che la sentiva non riusciva più a togliersela dalla mente fino al mattino dopo.

Forse avrebbe potuto farci una cover. O magari arrangiarci sopra un duetto. Probabilmente avrebbe dovuto farsi un appunto in proposito. Era piuttosto sicura di averlo già considerato, in passato. E non sapeva per quanto tempo ancora l'artista del numero di apertura sarebbe rimasto lo stesso. A volte cambiava dopo poche settimane.

"Sembri allegra." Andre si sedette sul divano della suite e posò il telefono sul tavolino.

Em si spaventò a morte. L'eccitazione del concerto aveva spazzato via la minaccia del licantropo fantasma, e aveva quasi dimenticato che avrebbe trovato Andre ad aspettarla nella sua stanza.

Ed era dannatamente attraente. Un calore liquido le fluì nelle vene e si stabilì nel profondo del suo cuore.

Forse non sarebbe uscita per una notte in città. Ma Andre era proprio lì. Ed era il più sexy di tutti.

"È stato un bel concerto." Em non riusciva a trattenere il sorriso. Era quello, ciò per cui viveva. La prima volta che aveva cantato un brano davanti a una folla aveva capito che era ciò che avrebbe voluto fare per sempre. Era servito un po' di lavoro per convincere il mondo che quello era il suo posto, ma ora si sapeva. Ormai era in cima. E non avrebbe lasciato che la abbattessero.

Ma avrebbe decisamente potuto farsi convincere a stare sotto qualcuno, in quel momento.

Qualcuno in particolare.

"È stato un bello spettacolo," confermò lui. Non si preoccupò di alzarsi dal divano.

La mente di lei si accese di curiosità e di desiderio di approvazione. "L'hai guardato?" Non sapeva perché ne fosse così entusiasta. Era consapevole di essere stata grandiosa. Ma l'idea di essere piaciuta ad Andre... Beh. Voleva che lui lo ammettesse.

Andre la fissò per un lungo istante, e il suo sguardo era difficile da sostenere. "Ho guardato solo per un po'. L'udito di un licantropo difficilmente si adatta agli altoparlanti. Ma quello che ho visto mi è piaciuto."

"Possiamo procurarti dei tappi per le orecchie. Sarebbero di aiuto." Lei stessa portava degli auricolari che contribuivano ad attutire i rumori della folla e del palco e a ridurre il volume degli altoparlanti, oltre a permettere ai tecnici del suono di darle suggerimenti e mantenerla concentrata. Ma dei semplici tappi potevano fare al caso di Andre. Lei sapeva che anche molti tecnici di scena li portavano. E le piaceva il pensiero che lui potesse ascoltarla.

"Magari proverò," concordò. "Mi piacerebbe guardarti ancora un po'."

Le guance di lei avvamparono per l'emozione. Era piuttosto sicura che anche a lei sarebbe piaciuto che lui la guardasse. "Chiedi a Melinda. Lei può procurarti qualsiasi cosa."

Lui annuì. Era ancora seduto su quel divano.

Perché non le si stava avvicinando? Perché non la stava baciando? Doveva fare entrambe le cose in quell'esatto momento. Il suo letto era lì dietro, ed era grande, morbido e perfetto. Ed Em aveva bisogno che lui fosse in quel letto con lei.

Aveva bisogno che lui fosse *dentro* di lei.

Quindi avrebbe portato avanti lei stessa la questione. Era coperta di sudore, ma non pensava che per Andre sarebbe stato un problema. Si sfilò la maglietta e la gettò da parte.

Andre si irrigidì. "Cosa stai facendo?" chiese. C'era un po' di tensione in quella domanda, una traccia ferina del lupo che viveva dentro di lui.

Le piaceva quel lupo. Avrebbe voluto veder affiorare in Andre un po' della sua forma animale. Lo voleva sfrenato.

Si diresse verso di lui, mettendo all'angolo il suo predatore, e si mise a cavalcioni sulle sue gambe, con le

ginocchia sul divano e le mani sullo schienale, imprigio-
nandolo lì.

"Em..." Era un avvertimento, o stava implorando di
avere di più?

"Le esibizioni mi danno sempre molta carica," disse
lei, piegandosi verso il suo collo e respirando a fondo. Per
i lupi gli odori erano molto importanti. E lei sentiva
quello di lui, ma neanche lontanamente con l'intensità
con cui era certa lui potesse sentire il suo. Non capiva
perché ne fossero ossessionati. Non quando c'erano così
tante altre cose a cui interessarsi. Gli sfiorò il collo con i
denti, e Andre rabbrividì.

Lui le posò le mani sui fianchi, ma non la spinse via.
Però non la tirò nemmeno più vicino a sé.

Em doveva dare una svolta alla situazione. Passò la
lingua sul suo collo, nel punto dove poteva avvertire le
sue pulsazioni.

"Em..." Era un lamento, una supplica.

Fu lei a rabbrividire, ammaliata da quel suono. Risalì
con le labbra la linea della mascella di Andre e trovò le
sue labbra.

Lui sul momento non rispose ma poi si arrese, fece
risalire una mano a prenderla per la nuca, l'avvicinò di
più a sé e le loro lingue si incontrarono.

Sì. Era quello, ciò di cui Em aveva bisogno. Lui
baciava come se fosse stato benedetto da qualche dio
della passione, e lei desiderò provare tutte le cose
malvagie che poteva fare con quella lingua. Non le
mostrò alcuna pietà. Non importava che fosse lei quella

seduta sopra di lui, non si faceva illusioni. Era Andre ad avere il controllo.

E lui lo dimostrò un momento più tardi, quando si tirò indietro con un sussulto. "Sei ubriaca?" le chiese, tagliente.

"Hai per caso sentito sapore di alcol?" Qualcuno ne teneva sempre una bottiglia dietro le quinte, ma Em quella sera non ne aveva bevuto nemmeno un sorso. "Pensi che ti vorrei solo se fossi ubriaca?" Si inarcò contro di lui, sentendo la pressione della sua erezione sotto i jeans.

Andre la spinse un po' indietro. "Di solito non ti piaccio così tanto," disse.

"Cosa c'entra con tutto questo?"

Lui la fissò per qualche istante con un'aria di sfida che lei notò, ma senza capire come voleva che reagisse.

Alla fine le posò di nuovo entrambe le mani sui fianchi e la spinse via fino a farla sedere accanto a sé sul divano. "Avvertimi se pensi di uscire stasera. Non dovresti andare da nessuna parte da sola."

Poi si diresse verso il bagno più piccolo della suite e si chiuse la porta alle spalle. A quanto pareva non gli importava che lei rimanesse da sola in quella stanza.

Ed Em sprofondò tra i cuscini. Lui non la voleva. Non contava cosa lei pensasse di aver visto. Non contava come lui avesse risposto al suo bacio. Doveva farselo entrare in testa.

Essere respinti faceva schifo.

17
CAPITOLO DICIASSETTE

IL DESIDERIO ERA UNA DROGA, E ANDRE DOVEVA SFUGGIRE ALLA tentazione. Non appena ebbe chiuso la porta, dopo essere entrato in bagno, prese dei respiri profondi e cercò di cancellare il sapore di Em dalla sua bocca.

Era impossibile. Lei era già impressa nella sua memoria e non c'era modo di dimenticare l'accaduto. Non che lo volesse davvero.

Poteva tornare indietro e prenderla. Lei era consenziente. Impaziente, anzi. E il sesso di lui era più che determinato a vederla soddisfatta.

Ma qualcosa lo fermò. Quando fosse svanita l'energia che la teneva su di giri, sarebbe crollata in un attimo. E magari non erano stati l'alcol o la droga a causarle quello stato di alterazione, ma lui non voleva svegliarsi la mattina dopo e vedere il rimpianto nei suoi occhi.

Gli era già successo in passato. Non molte volte, ma abbastanza da farlo scappare.

E forse quella non era l'unica cosa a spingerlo alla fuga. Era lì per proteggerla, non per scoparla. Il sesso avrebbe potuto incasinare tutto. E lui aveva bisogno che la sua mente fosse lucida mentre svolgeva il suo compito.

In quel momento non era lucida affatto. E solo una parte di lui non aveva perso la fermezza. Passò il palmo della mano sull'erezione che si tendeva sotto i jeans e dovette trattenere un gemito. Em poteva essere appena oltre la porta, e lui non voleva che lei sapesse cosa stava pensando in quel momento.

Cosa stava facendo, in quel momento.

Una doccia fredda. Quella era l'unica cosa sensata per passare oltre.

Andre si spogliò e lasciò cadere i vestiti a terra in un mucchio. Fu grato di vedere alcuni asciugamani sulla rastrelliera alla parete. Sperò che quando fosse uscito dalla doccia, Em si fosse già ritirata nella sua stanza. Non c'era bisogno di altre tentazioni.

Perché non pensava di potersi trattenere se lei l'avesse baciato di nuovo.

La sua mano impostò automaticamente il getto caldo, e mentre il vapore si diffondeva nella stanza non poté costringersi a passare all'acqua fredda. Se non poteva avere l'abbraccio di Em, almeno poteva farsi avvolgere dall'acqua calda.

Entrò nella doccia e sentì i suoi muscoli cominciare a rilassarsi sotto il getto bollente.

Ma non tutto si rilassò. Il suo sesso era ancora eretto e fiero, e pronto a soddisfare Em con tutto il piacere che sapeva regalare.

Doveva pensare a qualcos'altro. O a qualcun altro. Ma lei aveva ottenuto pieno controllo su di lui con un solo tocco ed era come se al mondo non esistesse più nessuno.

Provò a ignorare quell'erezione. La disciplina era una parte necessaria della sua vita. Ma mentre l'acqua scorreva lungo il suo corpo come un'avvolgente carezza maliziosa, capì che non c'era altro modo di risolvere quel problema.

Non c'era bisogno che lei lo sapesse. Lui non gliel'avrebbe detto di certo. E comunque non poteva sentirlo, con lo scroscio dell'acqua a coprire altri rumori.

Non sapeva perché ci stesse mettendo così a tanto a convincersi. Non c'era niente di sbagliato nel farlo.

Niente, a parte il fatto che se fosse uscito da quella porta avrebbe potuto avere lei.

Andre avvolse una mano intorno al suo sesso e cominciò a muoverla, lasciandosi sfuggire senza pensarci un profondo gemito gutturale.

Lei sarebbe stata più stretta intorno a lui, calda e bagnata e gemente di desiderio. Se fosse stata nella doccia con lui, gli avrebbe stretto le gambe intorno alla vita, con la schiena contro il muro, mentre lui affondava in lei e si ritraeva, ancora e ancora. Il calore del suo corpo e il calore del getto d'acqua si sarebbero fusi insieme finché non fosse esistito altro oltre a loro due.

Ma una volta a letto Em sarebbe stata a cavalcioni sopra di lui, come aveva fatto sul divano.

E stavolta non ci sarebbero stati strati di vestiti a separarli. Solo pelle calda e desiderio.

Mosse la mano con più energia e più velocemente, ma la sua mente non faticò a proseguire nelle fantasie erotiche su Em.

Quando saliva su quel palco, il suo nome d'arte era Mercy. Ma a dispetto del significato di quel nome, non gli avrebbe mostrato nessuna indulgenza nel suo assalto sensuale. E Andre non avrebbe voluto pietà da lei.

Voleva tutto il resto.

La voleva sopra di lui, e sotto, e accanto. Voleva le sue labbra, il suo sesso, il suo fondoschiena, la sua mente e il suo cuore.

Gemette di nuovo, ma stavolta non era solo piacere sessuale. Quei pensieri erano pericolosi. Non aveva diritti su di lei. E lui nemmeno le piaceva.

Una volta risolto il mistero se ne sarebbe andato, e anche se avessero potuto rivedersi, di tanto in tanto, tra loro non ci sarebbe stato niente se non i ricordi.

Ricordi che ora non avevano.

Come sarebbe stato sentirla gridare, con il suo corpo che ondeggiava su di lui?

Come sarebbero cambiati i suoi baci, dopo che fossero stati connessi a quel livello profondo?

Come lo avrebbe guardato, se lui avesse posseduto il suo cuore?

Andre venne in un'esplosione di piacere, la cui prova fu velocemente lavata via dall'acqua corrente.

Si appoggiò alla parete di fronte a lui, piegandosi e sostenendosi con un braccio mentre il getto gli colpiva la schiena.

Doveva trovare un modo per smettere di pensare a Em in quei termini. Non poteva permettersi di distrarsi, non se significava rischiare la sua vita.

Ma darsi piacere non aveva fatto altro che alimentare la sua voglia di lei.

Voleva di più. Voleva tutto.

E non poteva averla. Non quando era l'unico a frapporsi tra lei e una forza sconosciuta determinata a farle del male.

Alla fine Andre emerse dalla doccia e si asciugò. Ma per uscire dal bagno aspettò diversi altri minuti, finché non fu assolutamente certo che Em si fosse ritirata in camera sua.

Nessuno dei due aveva bisogno di altre tentazioni, per quella sera.

Ma una volta giunto il mattino, non sapeva se sarebbe stato in grado di resistere una seconda volta.

18

CAPITOLO DICIOTTO

La fastidiosa suoneria del cellulare di Em finalmente la svegliò. Lei allungò una mano sul comodino con gli occhi chiusi e tastò ovunque fino a trovare l'apparecchio, poi lo staccò dal caricatore e lesse con occhi appannati il messaggio che l'aveva costretta a svegliarsi.

Era di Stasia. "Oh mio Dio, mi dispiace tanto." E subito dopo c'era un link.

Per un attimo Em si chiese se sua sorella avesse subito l'attacco di un hacker. Ma si lasciò vincere dalla curiosità e cliccò sul link per poi gemere e girarsi su un fianco, affondando il viso in un cuscino, dopo aver letto la pagina caricata.

Una nuova fiamma per Mercy?

La cantante è stata vista uscire dalla sua lussuosa suite con un uomo nuovo di cui non si conosce il nome. Fonti vicine alla star confermano che non è un membro della troupe. E dato che i due sembrano intimi, pensiamo che potrebbero volare scintille.

Sotto quel ridicolo paragrafo c'era una manciata di foto che dovevano essere state scattate dal paparazzo del giorno precedente.

Di cosa doveva dispiacersi Stasia? Em prese in considerazione l'idea di chiamarla e di chiederglielo, ma rimandò. Se avesse dovuto parlare con la sorella di quelle foto avrebbe faticato a tenere il segreto su quel piccolo bacio che lei e Andre si erano scambiati.

Forse non tanto piccolo. E sicuramente non così piccolo, se pensava alle dimensioni di quell'erezione premuta tra di loro.

Si girò sull'altro fianco raggomitolandosi. Perché gli era saltata addosso la sera prima? Se avesse avuto a disposizione una specie di incantesimo che potesse riportarla indietro nel tempo di dodici ore, l'avrebbe usato.

Ma con un licantropo fantasma in agguato nei corridoi tutto sembrava possibile, anche l'esistenza di un incantesimo come quello.

No.

Non avrebbe usato la magia per uscire da una situazione imbarazzante.

Non ancora.

Non era la cosa più stupida che avesse mai fatto dopo uno spettacolo. Quella apparteneva a una notte che era meglio non ricordare, in cui era stata fortunata per non essere stata arrestata.

Baciare un uomo che si supponeva odiasse, o che come minimo non le piacesse affatto, non era niente in confronto ad altre sue pagliacciate.

Ma lei lo odiava?

Non c'era dubbio che Andre le facesse provare cose che avrebbe preferito ignorare. Era come se ogni volta che lui era nei paraggi riuscisse ad arrivare dritto al cuore di qualsiasi cosa lei stesse pensando o provando. Nessuno aveva avuto quella capacità, con lei. Soprattutto non qualcuno che conosceva da qualche settimana e con cui aveva passato solo una manciata di ore.

Perché se tralasciava il fatto che lei gli si fosse arrampicata addosso senza riuscire a sedurlo la sera prima, per il resto lui si era comportato piuttosto bene. Era stato insistente nel voler cancellare l'esibizione, cosa che lei ovviamente non aveva fatto. Era stato critico sulla sua squadra di sicurezza. E non aveva guardato gran parte del suo spettacolo.

D'accordo, forse non si era comportato così bene. Ma almeno non l'aveva criticata.

Sapere che lui era da qualche parte nella sua suite la teneva inchiodata al letto. Contribuivano anche le lenzuola liscissime e il materasso morbido, in realtà.

Ma alla fine Em dovette affrontare la situazione e l'uomo che la stava aspettando.

Anche se probabilmente sarebbe stato molto facile proteggerla se non avesse più lasciato la sua camera da letto.

Il che era impossibile. I pullman e i camion sarebbero

partiti nel giro di un paio d'ore, una volta che tutto fosse stato smontato. Normalmente lei si sarebbe spostata in aereo verso la destinazione successiva, ma per qualche ragione quel giorno avrebbe viaggiato in pullman. Non mise in discussione il programma del trasferimento, probabilmente tutto aveva la sua logica. Almeno avrebbe avuto modo di parlare con la sua band e di discutere alcuni dei problemi che si erano presentati negli ultimi due concerti.

Con la mente concentrata sul lavoro riuscì a costringersi ad alzarsi e a indossare alcuni capi che assomigliassero a veri vestiti. Era riuscita a fare una doccia prima di crollare, così almeno non aveva dormito sporca e sudata.

Ma sarebbe stato bello farsi un'altra doccia in quel momento e temporeggiare un altro po'.

Prese seriamente in considerazione la cosa, ma se doveva lasciare l'hotel entro un certo orario non poteva davvero concedersi altro tempo per viziarsi.

Uscì dalla camera da letto e seguì il naso verso il luogo dove poté scoprire una quantità di pietanze per la colazione in preparazione.

La suite aveva un angolo cottura, ma lei non era una gran cuoca nemmeno nei giorni migliori e a quel punto del tour si nutriva principalmente di cibo spazzatura e di qualunque cosa Melinda le mettesse sotto il naso.

Andre stava lavorando sui due fuochi del fornello come se avesse esperienza di lavoro in una cucina professionale. Aveva frittelle, uova e pancetta già pronti per lei una volta che si fosse seduta al piccolo tavolo.

"Succo d'arancia o caffè?" chiese lui.

Em non aveva intenzione di mettere in discussione le sue intenzioni quando stava per gustare una deliziosa colazione. "Entrambi, grazie." A volte c'era uno chef privato a preparare pasti che lei doveva solo riscaldare, ma non ne avevano previsto uno per quella tappa. Ed era bello che ci fosse Andre a cucinare per lei proprio lì.

Avrebbe potuto farci l'abitudine.

Poi si ricordò di quando dopo il bacio lui l'aveva respinta, e capì che non avrebbe avuto modo di potercisi abituare. Era una bella mattina e se la sarebbe goduta, ma non aveva intenzione di contare su di lui per altri momenti come quello.

"È stato terribile dormire sul divano?" chiese. L'hotel non era stato in grado di procurargli un letto pieghevole. Il divano si trasformava in qualcosa che chiamavano letto, ma che lei era piuttosto sicura fosse uno strumento di tortura medievale.

Andre fece una smorfia e le portò il caffè e la spremuta prima di tornare indietro a prendere il proprio piatto. "Ho sperimentato di peggio," rispose.

"Già, eri nell'esercito, giusto? Sono sicura che là molte cose erano peggiori."

Lui scrollò le spalle e iniziò a mangiare.

Stava ignorando il bacio. Non la guardava come se fosse qualcosa di più della donna che stava proteggendo. Era gentile, cosa che lei poteva apprezzare. Ma forse stava solo facendo il contrario di quello che faceva normalmente la gente, scontrosa al mattino e sempre più amichevole col progredire della giornata. Forse lui cominciava con la gentilezza e la scontrosità sarebbe cresciuta di ora in ora.

Era qualcosa su cui riflettere.

Gli fu grata di non aver parlato del bacio. Per un minuto. Ma era anche arrabbiata. Gli aveva offerto un'occasione. Avrebbero potuto passare dei bei momenti. E lei sarebbe stata decisamente disponibile a rinunciare alla colazione pronta se la cosa avesse comportato un tipo diverso di sveglia mattutina.

Poi addentò la pancetta e ci ripensò. Se avessero trovato il modo di fare sesso ma anche di godersi la colazione, per lei sarebbe stato il massimo.

"Sai cucinare," osservò, e persino lei sentì quanto era risultato offensivo il suo tono.

Ma Andre si limitò a ridacchiare. "È davvero così sorprendente?"

A quel punto fu lei a fare spallucce.

Non parlarono molto durante la colazione, ma non ce n'era bisogno. Andre controllò alcune cose sul telefono e aspettò che lei finisse di mangiare per sparecchiare.

"Quindi, qual è il programma di oggi?" chiese.

Prima che lei potesse rispondere bussarono bruscamente alla porta. "Trenta minuti di preavviso," disse Melinda. E passò alla porta successiva, bussando mentre si spostava lungo il corridoio.

"Come hai potuto sentire il sergente istruttore ci vuole fuori entro mezz'ora. Ci spostiamo alla prossima città." Em masticò più velocemente. Il cibo era buono e non voleva lasciare avanzi nel piatto.

"In aereo?" chiese Andre, con aria speranzosa.

"Nessun aereo privato per me." La sua famiglia ne aveva uno, ma lei non era una rockstar *così* grande. Quando volava, o era in prima classe o noleggiava un singolo volo privato. "Oggi prendiamo un pullman del tour."

Lui annuì e basta. "Allora è meglio che vada a parlare con Darlene. Speriamo che non si verifichi un attacco mentre siamo in viaggio."

E la lasciò lì a gestire le valigie con la sua roba. Era un compito che aveva svolto migliaia di volte, e di solito nessuno era con lei mentre se ne occupava.

Allora perché gettando le magliette in valigia e riponendo con cura le scarpe si sentiva così sola?

19
CAPITOLO DICIANNOVE

L'esercito non era niente a confronto della logistica del tour di Em quando si trattava di spostare in modo efficiente una grande quantità di persone. Fedeli al preavviso di trenta minuti, erano partiti con due grandi pullman turistici e una manciata di camion che contenevano la parte preponderante del palco di Em, smontato.

Andre non si era reso conto di quanto materiale avrebbero trasportato da una città all'altra.

Erano previste alcune ore di viaggio prima di una pausa per il pranzo, e poi un altro paio d'ore per arrivare alla città successiva e raggiungere il loro hotel per la notte. E Andre sperava che anche quell'hotel fosse al completo. Non voleva una stanza tutta per sé. Voleva stare con Em.

Si era pentito di non aver lasciato che il bacio portasse ad altro. E se lei l'avesse baciato di nuovo, non pensava che si sarebbe tirato indietro. Nessun uomo avrebbe avuto tanto autocontrollo.

Ma in quel momento si accontentò di rilassarsi contro lo schienale e assistere alla riunione che lei stava tenendo con la sua band. Jerry, Floyd e Kristin erano seduti insieme a lei su un divanetto e due poltroncine al centro del pullman. In realtà assomigliava molto di più a un camper, progettato per il comfort durante un lungo viaggio, con tanto di cuccette e piccolo bagno.

Concentrandosi, Andre riusciva a distinguere le parole della loro conversazione, sopra il rumore della strada e il rombo del motore. Ma lasciò perdere. Non ne sapeva molto di tecnica musicale e non era in grado di distinguere un accordo da un altro, così quando Em rivolse a Jerry un debole rimprovero per aver saltato un'introduzione, non capì bene cosa significasse ma sapeva anche che non era un suo problema.

Se mai aveva pensato che Em fosse solo una rockstar sovraesposta che non si preoccupava del suo mestiere, guardare quella riunione fece naufragare tale supposizione. Parlava alla sua band come una musicista, non come una celebrità. E quando finirono di discutere delle passate esibizioni cominciarono a suonare canzoni che lui riconosceva per averle sentite alla radio ma che non sapeva fossero di Em.

Con lei al sicuro sul pullman, Andre lasciò che i suoi pensieri tornassero alla bestia oscura. Non sapeva se avrebbe attaccato ancora, ora che si erano spostati. Era possibile che qualche fan impazzito l'avesse aizzata contro di lei. E anche se Darlene e Vi avevano parlato di eventi strani verificatisi in altre tappe del tour, non c'era ragione di credere che fossero collegati.

Andre desiderava una scusa per stare con Em. Non voleva che qualcuno si facesse male, ma se la bestia oscura si fosse mostrata, sarebbe stata la prova che un fan ossessionato li stesse seguendo oppure che qualcos'altro ne stesse causando l'apparizione.

Qualcuno nel tour? Qualche tipo di incantesimo o di amuleto? Ormai Andre si stava scervellando anche per ricordare quello che aveva visto nei film e nelle serie televisive. Erano i suoi unici punti di riferimento sulla magia. Ma non pensava che gli episodi di *Buffy l'ammazzavampiri* che non vedeva da oltre un decennio lo avrebbero aiutato.

Alla fine il pullman si fermò per il pranzo. Si trovavano in una grande area di sosta per camion, ed Em rimase nelle immediate vicinanze mentre Melinda e la sua squadra di assistenti si incontravano con un addetto del ristorante annesso per procurarsi grandi vassoi pieni di cibo. Erano lontani dalla maggior parte dei camion e dalle auto dei pendolari abbastanza da far sì che la gente non si accorgesse che nel gruppo c'era anche Em. Ma lei non sembrava troppo preoccupata. Camminava tra i membri della troupe, sorrideva, rideva, e alla fine si riempì un piatto e si sedette a mangiare sotto un albero. Anche Andre si procurò un piatto e si unì a lei.

"Hai paura che il licantropo fantasma mi aggredisca?" chiese, prima di infilarsi una patatina in bocca.

"La bestia oscura," la corresse Andre.

"Cosa?" bofonchiò Em con la bocca piena.

Andre dovette trattenere un sorriso. "Licantropo fantasma è un po'... Non mi piace. Bestia oscura. È una bestia. Fatta di ombre e oscurità." O almeno era così che lui la vedeva. Oscurità e denti.

"Hai cambiato la definizione perché vuoi che sia più accattivante." Em alzò gli occhi al cielo ridendo.

Andre si sentì arrossire un po', ma non cedette. "Bestia oscura."

"Bestia oscura," ripeté lei, mettendoci abbastanza enfasi da farla sembrare una definizione stupida al pari di licantropo fantasma.

"Fai sempre riunioni del genere con la tua band?" chiese Andre, domandandosi come fosse realmente la vita di una rockstar durante un tour.

"Jerry mi stava assillando per un incontro. Comunque parliamo. Ovviamente. E mi aiutano molto con le esibizioni. Ma penso che forse li ho trascurati. Questo è il secondo tour di Jerry insieme a me. Gli altri due sono nuovi."

"Non hai sempre la stessa band?" Non ci aveva mai pensato, prima, e non sapeva cosa aspettarsi.

"No. Mercy è un singolo personaggio. A parte ci sono una band di supporto, le coriste e i ballerini, come hai potuto vedere. Ma sono ingaggiati appositamente per i tour e quando registro gli album. Lavoro con un bel po' di persone diverse." Lanciò un'occhiata ai pullman con un debole sorriso.

"E pensi che possa esserci qualche genere di scontento nella band o tra le coriste? Qualcosa che potrebbe indurli a danneggiarti con strani riti magici?" Se il personale cambiava ogni volta non dovevano essere problemi di lunga data, in ogni caso.

Em diede un morso al suo panino riflettendo, poi scosse la testa. "Non riesco a immaginare nessun motivo di risentimento. Non è che io chieda loro qualcosa di particolare rispetto a tante altre band. Studiano gli spartiti. E sono ben pagati."

Andre si annotò mentalmente quell'informazione. Non sapeva se fosse importante, ma qualunque cosa a quel punto poteva esserlo.

Il telefono di Em vibrò e lei guardò il messaggio. "Melinda ci sta richiamando. È ora di rimetterci in viaggio."

Si alzarono e gettarono i piatti monouso. La maggior parte della troupe e delle altre persone che viaggiavano con loro era già sui pullman o in procinto di salire, il che spiegava perché nessuno gridò per avvertirli della bestia.

Sembrò materializzarsi dal nulla, e qualunque ipotesi Andre avesse fatto sulla sua paura della luce si rivelò errata. Il sole splendeva luminoso sopra le loro teste, mentre la bestia nera come l'inchiostro li caricava.

Em era davanti a lui a un passo di distanza, e il cuore di Andre si fermò quando si rese conto che la bestia era troppo vicina perché lui potesse intercettarla. La creatura arrivò in volata, ma invece di aggredire Em passò attraverso di lei e piantò gli artigli su Andre, scavandogli solchi nella carne viva sul braccio.

Il ringhio che gli sfuggì suonò strano, uscendo dalla sua gola umana, e lui usò lo slancio della bestia contro di lei e la fece volare ad alcuni metri di distanza.

Pensò di aver sentito qualcuno urlare, ma non sapeva se fosse solo lo shock e nemmeno se si trattasse di un uomo o di una donna. Poi ci fu un lampo di luce accecante, quasi un fulmine anche se sembrava impossibile in una giornata così bella, e la bestia oscura scomparve.

Andre si girò di scatto cercando di capire se l'esplosione di luce fosse arrivata da una direzione ben precisa e se la bestia si stesse rigenerando preparandosi per un nuovo attacco.

Gli sembrò di vedere qualcuno muoversi sul retro di un pullman ma era troppo lontano e troppo in ombra per poter capire chi fosse.

Il responsabile di tutto non era un fan impazzito.

Ma ora Andre doveva capire chi, nel tour di Em, stesse cercando di farle del male.

20
CAPITOLO VENTI

La band avrebbe dovuto rimanere sul suo stesso pullman fino all'arrivo in hotel, ma Em la relegò sull'altro mezzo mentre conduceva Andre verso la cuccetta più grande, facendolo sedere con una pressione decisa sulla spalla illesa.

"Resta qui," ordinò. Non voleva domande su come fosse rimasto ferito o su cosa fosse successo. Nella sua mente vorticavano pensieri sul fatto che la bestia avesse continuato a dar loro la caccia anche dopo aver lasciato l'ultima città, e lei sperava solo che non attaccasse nessun altro nella sua troupe. Non doveva averne l'intenzione. Fino a quel momento non aveva fatto del male a nessuno a parte Andre, e sospettava che fosse solo perché lui aveva reagito.

Perché la bestia era passata attraverso di lei? In che modo?

Le tremavano le mani mentre tirava fuori il telefono

e scriveva un messaggio a Melinda comunicandole che sarebbe rimasta sola con Andre su quel pullman e che tutti gli altri dovevano viaggiare sul secondo mezzo. Ci sarebbero stati stretti, ma Em si rifiutava di sentirsi in colpa per quello. Sarebbe stato molto peggio se qualcuno si fosse accorto che era sola.

Si sentì bussare alla porta, e per un folle attimo Em sperò che l'autista non rispondesse, ma lo fece, a giudicare dal mormorio di voci. Era Vi? Più ascoltava, più ne era sicura.

"Jerry ha voluto che venissi a prendere il suo cellulare, dice che l'ha lasciato qui," disse Vi all'autista.

La risposta le giunse ovattata, ma un momento più tardi Em sentì dei passi avvicinarsi lungo il corridoio. Si rintanò nell'ombra del piccolo bagno, da dove poteva osservare quasi tutti i movimenti di Vi senza il rischio di essere vista. Fedele a quanto aveva detto, Vi frugò tra i cuscini della poltrona su cui si era seduto Jerry e ne estrasse il cellulare dimenticato. Se lo infilò in tasca, si voltò e tornò indietro per andarsene. Di lì a poco la porta del pullman si chiuse e partirono in direzione dell'hotel.

Em prese il kit di pronto soccorso e tornò alla cuccetta. Andre si era tolto la camicia e c'era un rivolo di sangue che scendeva dalla spalla fino al petto.

Ma non era grave come avrebbe dovuto essere. Il sangue aveva già per lo più smesso di fuoriuscire dalle ferite.

Non c'era da scherzare con la velocità di guarigione dei licantropi.

"Sto bene," le assicurò Andre. Tese una mano per prendere il kit di pronto soccorso.

Ma proprio come la sera precedente, Em si sentì in dovere di aiutarlo. Quella cosa lo aveva ferito mentre era in cerca di lei. Si sentiva responsabile. Asciugò parte del sangue scoprendo la sottostante pelle già rinnovata, poi buttò via la benda di garza che aveva usato. Non c'era altro che potesse fare.

Lei si sentiva inutile quando si trattava di affrontare la bestia oscura.

"Non era solo un fan impazzito." Cominciò a tremare violentemente mentre diventava ogni attimo più consapevole della realtà dei fatti. Aveva davvero sperato che si fossero lasciati alle spalle i loro problemi, allontanandosi dall'ultima tappa. Quello era stato il primo posto in cui era apparso il mostro. Ma evidentemente non l'ultimo. E non c'erano fan a viaggiare con loro.

Beh, forse avevano incrociato uno o due di loro all'area di sosta dove avevano pranzato, ma non pensava che qualcuno avesse seguito i loro pullman per tutto il tragitto.

"È un membro della troupe, vero?" Em posò lo sguardo su Andre, supplicandolo con gli occhi di dirle che non era così.

Lo sguardo che lui le rivolse in risposta fu dolce, comprensivo. "È probabile," confermò. Lei si ripiegò su se stessa come se fosse stata colpita. Non poteva certo definire amici i membri della troupe, ma erano brave persone. Sembravano andare d'accordo. Perché qualcuno di loro avrebbe dovuto volerle fare del male?

Era quella la loro intenzione?

"La bestia è passata proprio attraverso di me." Em non sembrava avere del tutto il controllo su quello che stava dicendo. Le parole uscivano spontaneamente dalla sua bocca. "Era come un fantasma."

"Cos'hai provato?" chiese lui.

Em rabbrividì al ricordo. "Qualcosa di simile all'elettricità statica. Mi si sono rizzati i capelli in testa. Non mi è piaciuto."

Lui allungò un braccio e glielo passò intorno alle spalle, avvicinandola a sé in un abbraccio. Em si arrese. Aveva bisogno di contatto. Di sicurezza. E Andre era l'unico che sapesse cosa stava succedendo realmente. Era l'unico che avesse la possibilità di proteggerla, in quel momento.

"Come la fermiamo?" chiese lei. Non voleva che qualcuno della troupe o della sua squadra si facesse male. Per il momento la bestia era concentrata su di lei, ma non c'erano garanzie che sarebbe stato sempre così. E se avesse aggredito anche loro? Sapeva che ferite potessero infliggere quegli artigli. L'aveva visto sui suoi vestiti, sul suo letto, sulla pelle di Andre. Rabbrividì. Un umano non sarebbe stato in grado di riprendersi da un attacco del genere.

"Scopriamo chi, o cosa, la controlla," rispose Andre con più sicurezza di quanta ne potesse provare. "Poi partiamo da lì."

"Credi che qualcuno la stia controllando?" Immaginava che qualcuno l'avesse evocata, ma il controllo era a un altro livello.

"Dev'essere così; hai altre ipotesi?"

Quel pensiero le risultava inquietante. "Pensi che sia stato realmente un fulmine quello che abbiamo visto lì fuori?" chiese lui.

"Un fulmine?" Em era agitata e in confusione, e non capiva minimamente a cosa Andre si riferisse.

"C'è stato un lampo luminoso prima che la bestia sparisse."

Lei non aveva idee. Era così fuori di sé che si sentiva come in caduta libera. Voleva solo che tutta quella storia finisse. Non voleva mostri, o fantasmi, o magia a interferire con la sua vita.

Lentamente un po' di quella paura cominciò a svanire mentre si abbandonava all'abbraccio di Andre. Lui teneva la schiena contro la parete, e lei trovava più comodo sedersi appoggiata a lui invece che sul divano. Dopo qualche minuto si rese conto che le dita stavano vagando sul suo petto. Non si era preoccupato di rimettersi la camicia, così le mani di Em potevano sentire liberamente la gloriosa compattezza della sua pelle nuda.

Mentre lei con i polpastrelli seguiva il profilo dei suoi muscoli, Andre si lasciò sfuggire un sospiro di piacere. Non era come la notte prima. Non sembrava ansioso di allontanarsi da lei. Anzi, l'attirò ancora di più a sé.

Lei lo voleva ancora. Da quando Andre era apparso, quel desiderio era rimasto sempre vivo e acceso. E forse avrebbe dovuto spaventarla, ma lui non compariva affatto tra le cose che temeva in quel momento.

"Mi permetterai di baciarti questa volta?" chiese. Forse lui aveva bisogno di un approccio diverso, più gentile. Da Andre non se lo sarebbe mai immaginato, ma visto com'era diventato irregolare il suo respiro, doveva essere proprio così.

"Tu non sai cosa mi stai facendo," l'avvertì lui.

"Non pensi che per me sia lo stesso?" Era una follia. Qualcosa di primitivo. Ma lei non voleva più opporre resistenza.

Andre la tirò contro di sé e le coprì la bocca con la sua. L'angolazione era scomoda, così Em si spostò fino a trovarsi di nuovo a cavallo delle sue gambe a lasciarsi divorare da lui.

Il bacio fu intenso come quello della notte precedente, ma lei era conscia della differenza. Ora aveva la partecipazione appassionata di Andre. Il modo in cui lui la baciava faceva quasi paura. Ma non aveva intenzione di mollare la presa.

Ora aveva un assaggio di lui. Un assaggio reale e volontario. E indipendentemente da ciò che sarebbe successo dopo, non se lo sarebbe lasciato scappare.

21
CAPITOLO VENTUNO

Il ricordo del bacio di Em era ancora vividamente impresso sulle labbra di Andre anche mentre i pullman venivano scaricati e il nuovo centro congressi veniva invaso dal turbinio di membri della troupe e materiali di scena. Come nella struttura della tappa precedente l'hotel era direttamente collegato al centro, e proprio come in quel caso non c'erano abbastanza camere, così Andre venne destinato alla suite di Em.

Non se ne sarebbe certo lamentato.

E credeva che se avesse giocato bene le sue carte non avrebbe dormito di nuovo sul divano.

Ma ci avrebbe pensato più tardi. Em era stata trascinata nella marea dei preparativi. Il concerto si sarebbe tenuto quella sera stessa, e per sistemare tutto in una manciata di ore sarebbe stata impegnata fino alla fine dell'esibizione.

Il suo lupo insisteva perché scendesse e la seguisse

ad ogni suo passo per tenerla al sicuro. E Andre presto lo avrebbe fatto. La bestia aveva attaccato già una volta quel giorno e non c'era ragione di pensare che non potesse provarci una seconda volta. Tuttavia lui sperava che chiunque la stesse controllando avesse bisogno di un po' di tempo di recupero tra un attacco e l'altro.

Andre avrebbe scommesso la vita di Em e la sanità mentale del suo lupo sul fatto che avessero almeno un paio d'ore di tempo. E lui doveva aggiornare Gibson. Anche se non era un incarico ufficiale sapeva che il suo capo, il suo alfa, avrebbe voluto essere messo al corrente degli ultimi sviluppi.

Così Andre ispezionò la stanza per accertarsi che fosse sicura e subito dopo si sistemò sulla sedia accanto alla scrivania per chiamare il suo capo. Questa volta Gibson rispose al primo squillo. "Cosa succede?"

"Chiamo solo per fare rapporto."

"Sì, abbiamo passato tutta la mattina a leggere le novità. Devo aspettarmi di vedervi su tutti i giornali scandalistici questa settimana? Fa parte della tua strategia per tenere la cliente al sicuro?" Le parole di Gibson erano intrise di pungente ironia. Non erano rimproveri. Andre avrebbe voluto che lo fossero. Le prese in giro erano peggio.

Ma facevano parte della loro dinamica di gruppo, e lui avrebbe dovuto farsene una ragione. "La squadra di sicurezza è un po' carente. Quel fotografo non avrebbe mai dovuto poter raggiungere il piano di Em per realizzare scatti che potessero apparire compromettenti."

"Quindi la foto è una completa bugia? Solo una storia per vendere di più?" Gibson non sembrava crederci.

Ma quello sarebbe stato il momento di dargli ragione. Andre sollevò una mano per toccarsi il labbro inferiore. Non poteva negare che ci fosse qualcosa tra lui ed Em. Non *voleva* negarlo. A cosa sarebbe servito negare mentre stava già pensando a un modo per entrare nel suo letto?

Sentì il maggiore brontolare. "Hai intenzione di dire qualcosa?"

"Non se posso evitarlo." Era il tipo di impertinenza che non si sarebbe mai permesso se fossero stati ancora nell'esercito, Ma Gibson non era più un ufficiale. Almeno non sui registri dello Zio Sam.

"È la stessa cosa che è successa a Owen?" Ora il maggiore era più serio.

Gibson gli stava chiedendo se Em fosse la sua compagna. E il lupo di Andre voleva che confermasse. Voleva farglielo ammettere lì e in quel momento. Ma Andre fu più cauto. "È passato solo un giorno. Come posso saperlo?"

"Penso che se non fosse la stessa situazione avresti semplicemente detto di no. Non è una cosa negativa. O almeno non sembra." Era comprensivo. La nuova missione di Gibson era scoprire tutto quello che c'era da sapere sui licantropi, e l'accoppiamento sembrava farne parte.

Ma Andre aveva altre preoccupazioni. "I nostri stili

di vita non sono esattamente compatibili."

"Tutto si può risolvere. Ti sei adattato abbastanza bene al nostro nuovo modo di essere. E farai ancora parte della nostra famiglia se qualcosa dovesse cambiare. Se non lavorerai più per noi."

"Se non lavorerò più per voi? Mi sta licenziando?" Quello *non* era il modo in cui Andre si aspettava che andasse la telefonata.

E Gibson scoppiò a ridere sonoramente. "Dio, no. Tu sai tenere in riga i ragazzi. Ma non ti costringerei mai a scegliere. Quindi fai il tuo lavoro e non lasciarci interferire con qualsiasi tipo di decisione tu voglia prendere."

C'erano troppe cose su cui riflettere e Andre non voleva continuare a parlarne.

Così passò a fare rapporto sulla bestia oscura, e Gibson disse che avrebbe fatto altre ricerche. Ma quando chiusero la comunicazione Andre rimase a fissare il telefono per diversi minuti.

Non aveva intenzione di abbandonare il suo lavoro da guardia del corpo, anche se non era stato il suo sogno di sempre. Ma Em faceva tour itineranti come quello ogni anno, o quasi. E se quella *cosa* tra loro era qualcosa di reale e non solo chimica destinata ad accendere una fiammata che si sarebbe spenta rapidamente, avrebbero dovuto trovare un modo per conciliare i loro stili di vita.

Stava comunque correndo troppo. Due baci. Non poteva sconvolgere la sua vita per due baci. Il fatto che lei l'avesse indotto a fare riflessioni del genere dopo un solo giorno era forse preoccupante. Ma il suo lupo voleva che lui andasse a cercarla.

Erano stati lontani abbastanza a lungo.

Anche Andre voleva raggiungerla. Ma lei era circondata da una quantità di persone e finora la bestia aveva attaccato solo quando lui era nei paraggi oppure quando lei era da sola. Sperava che la fortuna reggesse.

Perché era giunto il momento di darle la caccia, lasciando la rockstar al suo lavoro.

22

CAPITOLO VENTIDUE

MENTRE MELINDA ERA DISTRATTA DA UN PROBLEMA nell'allestimento del palco, Em sgattaiolò via per rubare qualche minuto per sé. Il caos organizzato della sua squadra sarebbe stato sufficiente a far impazzire chiunque, e lei aveva deciso che avrebbero potuto procedere in sua assenza per un po'.

Non aveva intenzione di allontanarsi troppo. Aveva un camerino in quella struttura, così come in tutte le altre, ed era lì che si dirigeva. Aveva con sé anche il telefono, in modo da poter essere contattata in caso di bisogno. Sapeva che Andre avrebbe potuto perdere le staffe se si fosse accorto che lei se l'era svignata, ma non sapeva dove lui fosse in quel momento e quindi non avrebbe potuto sentire le sue eventuali lamentele.

I corridoi erano quasi vuoti, e tra le poche persone che incrociò nessuna fece di più che rivolgerle un educato cenno di saluto mentre lei procedeva verso la sua destinazione. Em non li fermò. Erano tutti molto indaffarati e avevano tempi strettissimi quel giorno. Per allestire il concerto in un paio d'ore ci voleva un miracolo o un'incredibile capacità organizzativa, ed Em era contenta di non doversi intromettere.

Era l'occasione perfetta per schiacciare un pisolino.

E magari per pensare a ciò che era successo sul pullman. Non ricordava l'ultima volta in cui era stata baciata in quel modo. A pensarci bene era piuttosto sicura di non essere *mai* stata baciata in quel modo. E sapeva che se lei e Andre si fossero ritrovati insieme da soli in una stanza, non ne sarebbero usciti senza che almeno uno dei due fosse stato sessualmente soddisfatto.

Entrambi, possibilmente.

Solo per miracolo non avevano gettato al vento la prudenza e fatto sesso sul pullman. Ma Em sapeva che avrebbero fatto rumore e la presenza dell'autista era stata sufficiente a farle tenere i pantaloni strettamente allacciati.

Aveva la sensazione che Andre avrebbe potuto farla urlare.

Forse in quel momento la stava evitando. Lui la pensava troppo occupata per potersi permettere una pausa di sesso.

E probabilmente stava cercando le cause dell'apparizione e dell'attacco della bestia oscura.

Sperava che ne venisse a capo in fretta.

E una piccola parte di lei sperava che non rivolvesse mai il mistero. Finché quella minaccia era in essere, lui le sarebbe rimasto accanto in tour. Una volta risolto il problema, beh, non ci sarebbe più stato motivo di restare, se non quel calore pieno di elettricità che bruciava tra loro.

Lui aveva una vita a New York. Non poteva essere intenzionato ad abbandonarla per lei.

Non che lei lo volesse. Ma non era ansiosa di tornare a farsi condizionare dai problemi della vita reale.

Em finalmente raggiunse il camerino e aprì la porta. Che ci fosse qualcosa di strano fu prima il naso a farglielo capire, poi lo vide coi suoi occhi. Non doveva esserci nessuno lì dentro.

Invece c'era Vi, seduta davanti a una candela profumata nella stanza buia, con gli occhi accesi di uno strano colore.

Ma era impossibile.

Gli occhi non potevano brillare in quel modo.

E le bestie oscure non si aggiravano nei corridoi delle sale da concerto o sui piazzali delle aree di sosta per camion. Doveva smettere di basarsi su ciò che riteneva impossibile e iniziare a concentrarsi su ciò che realmente vedeva.

"Cosa stai facendo?" chiese Em. Probabilmente non era una mossa molto intelligente affrontare una persona che stava facendo cose strane in un momento in cui temeva che qualcosa le stesse dando la caccia, ma avrebbe dato la colpa all'effetto sorpresa.

Andre non lo sarebbe venuto a sapere.

"Non è come sembra." Vi si alzò di scatto dalla sua postazione e le luci si accesero magicamente.

No, non magicamente. C'era un sensore di movimento che aveva rilevato Vi mentre si alzava.

"Stai facendo della... magia?" Era ancora strano pensare a come la magia potesse essere qualcosa di reale. Ma lo era. Era l'unico modo di dare un senso all'esistenza della bestia oscura. Ma era Vi a controllarla?

"Non stavo facendo niente di male," rispose la ragazza.

E questo rese Em ancora più sospettosa.

"Allora hai dieci secondi per cominciare a darmi una spiegazione," disse, con più coraggio di quanto ne provasse. Se Vi fosse stata una specie di strega, allora sicuramente avrebbe saputo usare la magia. Con un po' di fortuna se ne sarebbe dimenticata per almeno un minuto.

La ragazza incurvò un po' le spalle e sollevò una mano davanti al viso, col palmo aperto. In quella mano teneva qualcosa. Prima che Em avesse la possibilità di capire cosa fosse, Vi soffiò sulla sostanza e la colpì in pieno volto.

Le si riempirono i polmoni e gli occhi bruciavano. Em barcollò lateralmente e si accasciò sul divanetto appoggiato al muro. Stava succedendo qualcosa di strano. Proprio a lei. Doveva fissare nella memoria quella scena. Doveva ricordare ciò che stava vedendo. Ma i sensi stavano cedendo e lei non riuscì a resistere mentre la trascinavano nell'oblio.

Si svegliò nel sentire delle mani sul viso e l'aspro ringhio gutturale di Andre la riportò alla piena lucidità.

"Em. Em! Svegliati!" Lui le scuoteva le spalle, e le girava la testa.

"Sono sveglia, sono sveglia. Devo essermi addormentata." Le prudevano gli occhi, come se l'aria fosse piena di polline, e non aveva idea di quanto tempo avesse dormito. Ricordava di aver raggiunto il suo camerino per rilassarsi qualche minuto, ma non sapeva quanto tempo fosse passato da allora. E di certo Andre non era nei paraggi quando lei si era allontanata. "Perché sei così preoccupato? Era solo un sonnellino."

Gli occhi di Andre viravano al color oro e lei capì che il suo lupo era vicino alla superficie. "Ho cercato di svegliarti per più di cinque minuti," rispose. "Quello non era un normale sonnellino."

Em si guardò intorno nella stanza. Era la stessa in cui era entrata solo poco prima. Non c'era niente fuori posto. "Forse ero solo stanca," rifletté. "A volte succede."

"Sento l'odore di Vi," disse lui. "Era qui?" Una rabbia minacciosa accendeva l'oro nei suoi occhi.

Vi? Em si scervellò per ricordare l'ultima volta che l'aveva incontrata. "Credo di non averla vista per tutto il giorno," rispose. "Probabilmente è con il resto della troupe."

Andre respirò a fondo e si chinò su di lei, continuando ad inspirare sempre più profondamente. "Hai un odore *sbagliato*," disse. Le strofinò il viso sul collo, ed Em cercò di non concentrarsi su quanto fosse piacevole quell'accenno di barba sulla pelle.

"Sono solo sudata," rispose lei.

"Non è questo," insisté lui, mentre le sue mani vagavano su di lei. "Ho bisogno che tu torni ad avere il tuo odore."

Poi le posò le labbra sul collo, ed Em smise di preoccuparsi di cosa significassero quelle parole.

23
CAPITOLO VENTITRÉ

Tutto sembrava sbagliato intorno ad Em; non aveva il suo solito odore, e il lupo di Andre detestava quella sensazione. Respirò a fondo tenendola per le spalle, cercando di capire cosa ci fosse di strano.

Lei lo guardava come se fosse impazzito, con gli occhi socchiusi e ancora un po' assonnati per il pisolino che sosteneva di aver fatto. Ma era una giornata impegnativa e lui conosceva Em abbastanza bene da sapere che non se la sarebbe svignata per dormire così a lungo quando c'era bisogno di lei.

E l'odore di Vi era troppo forte perché potesse ignorarlo. Lei era stata in quella stanza. Aveva fatto qualcosa a Em.

Non si fidava di lei, e con la bestia oscura in agguato era sicuro che la ragazza rappresentasse una minaccia.

Se Andre fosse stato lucido l'avrebbe cercata e le avrebbe chiesto spiegazioni. Se si fosse scoperto che in qualche modo aveva fatto del male a Em, niente avrebbe potuto impedirgli di aggredirla.

Ma Em stava bene, era solo un po' stordita. E il suo lupo insisteva perché lui restasse lì e si dedicasse a...

A lei.

Le tracciò un percorso di baci sul collo e brontolò di soddisfazione nel sentire che il proprio odore la avvolgeva e sembrava cancellare quello che ancora non andava su ogni altra parte di lei. Em avrebbe dovuto avere sempre addosso l'odore di Andre, insisteva il suo lupo, e lui non poteva non essere d'accordo.

"Cosa stai facendo?" C'era un accenno di giocosità nella voce di Em, e lei gli infilò le dita tra i capelli attirandolo a sé. "Ti sei ricordato di chiudere a chiave la porta?"

Lui non ne aveva idea. E sebbene tenesse alla sua privacy, niente avrebbe potuto farlo allontanare da Em di un solo passo finché lei non avesse avuto nuovamente l'odore giusto. "Il tuo odore." Non riusciva a spiegarsi. Lei aveva un naso umano. Raggiungeva un certo livello di comprensione della sua realtà di licantropo, ma lui non sapeva come poter spiegare una cosa del genere a un'umana.

"Sono stronzate da licantropo possessivo?" chiese lei, ma il tono era rimasto scherzoso.

Si trattava di quello? Andre non era mai stato possessivo in passato. Tutto ciò che sapeva in quel momento era che aveva un bisogno insopprimibile di coprirla con il proprio odore, in modo che non ci fossero dubbi sul fatto che lei gli apparteneva... Certo, sì, quella era possessività.

"Vuoi che mi fermi?" Fu una tortura rivolgerle quella domanda. E, nel caso, non sapeva come avrebbe fatto a convincere il suo lupo ad accettare. Poteva già percepire avvisaglie di resistenza.

"Non abbiamo molto tempo," lo avvertì Em, senza dare segno di volersi allontanare. Ma non era un no.

Non era nemmeno un sì, del resto.

"Vuoi che mi fermi?" ripeté, anche se intanto le sue mani le risalivano i fianchi, trovando una porzione di pelle nuda e sfiorandola fino a farle venire la pelle d'oca.

"Darò la colpa a te se Melinda si metterà a strillare." E poi lo tirò giù sul divanetto.

Sì. Era sua, adesso. E non c'era posto in cui non volesse baciarla, e toccarla. Lasciò vagare le sue mani su di lei e le labbra ne seguirono il percorso. Le tolse la maglietta, e fu la stessa Em a sfilarsi il reggiseno e a lasciarlo cadere a terra.

Lui la guardò riempiendosi gli occhi di lei. I seni sodi con i capezzoli turgidi, la pelle chiara, e il suo profumo che cominciava a prevalere sull'odore strano mentre la sua eccitazione cresceva. Voleva farla impazzire. Bagnata e pronta per lui. Ma anche se il lupo di Andre esigeva che lui la reclamasse per sempre, lui sapeva che non avevano abbastanza tempo. E sapeva che quell'incontro era destinato a finire lasciandoli frustrati.

Ma solo parzialmente. Perché avrebbe dato a Em il piacere che lui non avrebbe avuto il tempo di concedersi.

Le sue labbra si chiusero su un seno ed Em si inarcò contro di lui lasciandosi sfuggire un gemito di desiderio primordiale che sembrava quasi un canto. In lei c'era musica anche mentre si abbandonava al piacere.

Lui avrebbe potuto amare quella consapevolezza.

Il sapore di lei lo deliziava, la sua pelle era un sogno di seta sotto la sua lingua. Poteva immaginare come sarebbe stata se fossero stati a letto insieme, se avessero avuto tutta la notte. E presto sarebbe successo.

Quando fosse arrivato quel momento lei non avrebbe solo preso. Dal modo in cui lo stava toccando, lui capì che desiderava dargli lo stesso piacere che riceveva.

Ma ora era solo di Andre, il privilegio di farle quel regalo.

La voleva nuda, ma sapeva di essere avido. Non avevano tempo per la nudità totale. Non se quella sera lei doveva tenere un concerto. Abbassò la cerniera dei suoi jeans troppo stretti e lasciò che la mano arrivasse al suo calore umido.

Em gemette ancora e gridò il suo nome mentre lui trovava ciò che stava cercando e tracciava con le dita cerchi stretti proprio dove lei ne aveva bisogno.

"Sì, sì. Dio, sì." Abbandonò la testa sullo schienale del divanetto, con i capelli sparsi in un'aureola dorata.

Andre continuò a stuzzicarle il sesso con le dita mentre la baciava ovunque. Voleva assaggiarla, voleva immergere la lingua nel suo calore, ma sapeva che se fossero arrivati a quel punto non l'avrebbe più lasciata andare. Né quella sera, né mai.

Nella sua testa il lupo protestò aspramente al pensiero di lasciarla allontanare troppo. E Andre cercò di non pensarci. Non mentre aveva Em sotto le dita.

Non mentre lei si contorceva contro di lui e l'orgasmo la faceva gridare.

Non mentre copriva la bocca di lei con la sua e le dava un bacio così bruciante da far sì che lei non potesse più dimenticarlo.

Em aveva l'odore giusto. Aveva l'odore di lui. Ed era così che doveva essere.

Ma c'era ancora qualcosa di sbagliato nel tour, qualcuno voleva ancora farle del male.

E Andre avrebbe fatto tutto il necessario per assicurarsi che nessuno ne avesse la possibilità.

24
CAPITOLO VENTIQUATTRO

Em era fuori forma. Lo sapeva.

Dopo tre canzoni dall'inizio dell'esibizione poteva già immaginare le cattive recensioni che era destinata a ricevere. Era distratta, presa dal ricordo della sensazione delle dita e delle labbra di Andre su di sé, e piuttosto confusa. Non a causa di quello che avevano fatto insieme... o, in realtà, di come Andre si fosse dedicato a lei. Ma per ciò che era successo prima.

Vi le aveva fatto qualcosa?

Il direttore di produzione parlò con forza nel suo auricolare ed Em si rese conto di aver sbagliato un attacco. Merda.

Jerry suonò di nuovo l'introduzione coprendo il suo errore, e lei gli lanciò un'occhiata riconoscente, ma lui aveva un'espressione ostile in viso.

Stava rovinando anche la sua esibizione.

Em cominciò a cantare e ricacciò tutti i suoi pensieri in un angolo della sua mente. Avrebbe potuto preoccuparsi di tutta quella situazione più tardi. Molto, molto più tardi.

Cantò altre due canzoni.

Fortunatamente il pubblico non sembrò notare qualcosa di strano. Ai critici invece non sarebbe sfuggito nulla. I fan le avrebbero concesso molta più libertà di azione. O almeno, così sperava lei.

Non sbagliò un altro attacco, ma quasi urtò Jerry e lo sentì dire qualcosa di poco lusinghiero. Fortunatamente non a voce così alta da poter essere catturata dai microfoni.

Avrebbe dovuto scusarsi con la sua band dopo lo spettacolo. Sperava che la perdonassero.

Immaginava che l'avrebbero fatto. A tutti poteva capitare una serata sfortunata.

Vi era là fuori a osservarla? Era stata lei a evocare la bestia oscura?

Non sapeva come avesse finito per addormentarsi nel suo camerino. Non ricordava niente di quello che era successo prima che Andre si presentasse, ed era quella la cosa più inquietante. Avrebbe dovuto ricordare. Aveva un'ottima memoria.

Allora perché c'era un vuoto?

Le luci si abbassarono, la band mise da parte gli strumenti e sgattaiolò via dal palco. Quella era una delle parti dello spettacolo che Em preferiva, perché le dava la possibilità di mostrare davvero le sue doti vocali. Niente accompagnamento, niente band, solo i riflettori puntati su di lei e ombre tutt'intorno.

Si perse nelle note e non le venne in mente che avrebbe potuto temere qualcosa.

Era a metà della sua canzone sull'amore perduto e sulla forza di andare avanti, quando sentì qualcosa muoversi dietro di lei.

Dapprima pensò che si trattasse di un membro della troupe. Cercavano di stare lontani dal palco durante lo spettacolo, ma ogni tanto una comparsata era inevitabile.

Ma la troupe non le aveva mai fatto rizzare i capelli sulla nuca.

Non si voltò, e non smise di cantare. Se la bestia era in agguato nell'ombra, Em non voleva farle capire che lei la percepiva. E se non ci fosse stata, avrebbe evitato di cedere a un'illusione paranoica girandosi a guardare il nulla.

Sentì il respiro della bestia sulla nuca. Non era un'illusione. Ma non stava attaccando. Era proprio lì. Così vicina che Em avrebbe potuto toccarla allungando una mano, ma non stava affondando nella sua carne le sue gigantesche misteriose zanne.

Che senso aveva? Stava cercando di proteggerla?

O piuttosto voleva spaventarla?

Qualunque fosse l'intento della bestia, Em era decisamente terrorizzata.

Cosa sarebbe successo quando la canzone fosse terminata? Le luci non si sarebbero riaccese completamente. La luminosità sarebbe aumentata ma il palco sarebbe stato ancora immerso nell'ombra mentre la band faceva ritorno per proseguire l'esibizione.

E i riflettori si sarebbero spenti. Non a lungo. Ma con la bestia così vicina da poterla toccare, sarebbe bastato un attimo.

Ne avrebbe approfittato per aggredirla? Stava solo aspettando il suo momento? Em sapeva che la sua esistenza non dipendeva dall'oscurità. Aveva attaccato senza problemi in pieno giorno, anche se era rimasta all'ombra dei pullman. Ma lei sperò nella brillantezza dei riflettori, attenta a tenere le mani ben all'interno del fascio luminoso, come se questo potesse offrire una qualche protezione.

Avrebbe dovuto correre. Dall'altra parte del palco c'era un'asta per microfoni che probabilmente avrebbe potuto usare come arma, se ne avesse avuto bisogno. Non che le armi servissero a molto contro i mostri fatti di tenebra.

Avrebbe voluto mettersi a correre subito. Il cuore le batteva così velocemente che temeva di poter collassare e rimanere pietrificata in balia della bestia, che avrebbe fatto di lei la sua preda. D'altra parte, se ciò fosse accaduto le luci si sarebbero accese e la bestia sarebbe scomparsa.

Em per un attimo prese in considerazione l'idea, ma poi la scartò. C'era anche la possibilità che la troupe spegnesse tutte le luci e cercasse di portarla via dal palco con la copertura dell'oscurità. Lo avrebbero fatto nel tentativo di salvare la sua reputazione e di nascondere l'accaduto. Ma se avessero fatto quella scelta lei sarebbe stata spacciata.

Andre era nei paraggi? Non riusciva a vedere granché con quel particolare tipo di illuminazione. Tutto ciò che doveva fare era tenere a bada la bestia abbastanza a lungo da permettergli di arrivare. Ed era sicura che prima o poi sarebbe apparso.

Per favore. Andre. I suoi pensieri non sarebbero serviti a molto, ma almeno poteva ancora sperare.

La canzone era quasi terminata e la voce di Em raggiungeva note sempre più alte in vista dell'acuto finale. Era vicinissimo. Il tremito non era un effetto volontario, era la paura a infonderlo nella sua voce. Non era virtuosismo, era terrore.

La bestia avvicinò il muso al fascio di luce, saggiando il confine dell'effimera protezione di Em.

Lei chiuse gli occhi e prese un ultimo respiro, pronta a fuggire.

I riflettori si spensero, gettando il palco nell'oscurità. Em corse verso l'asta del microfono mentre un secondo lupo, fatto di pelo e carne anziché di ombre, irrompeva sul palco.

25
CAPITOLO VENTICINQUE

Andre sapeva che stava regalando ai fan di Em uno spettacolo epico, ma non gli importava. La bestia era lì fuori. Era più vicina a Em di quanto non lo fosse mai stata, e lui doveva fermarla. Partì all'attacco. Era buio e i fan erano così chiassosi da non consentirgli di fare affidamento sull'udito. E non poteva contare sull'olfatto. I suoi sensi erano sovraccarichi per via delle centinaia di persone nella folla, e la bestia oscura non aveva alcun odore.

Andre però sapeva come concentrarsi anche quando sembrava impossibile. Trovarsi in una zona di guerra non era poi così diverso. Lampi luminosi. Rumori forti. La paura di essere raggiunti dal nemico in qualsiasi momento.

Ma lì era lui a inseguire il nemico.

Le luci si sarebbero riaccese a breve. In quel momento il pubblico poteva vedere solo le loro ombre in movimento. E anche se non era la sua priorità, Andre sperava davvero di poter scacciare la bestia oscura prima che diventasse evidente che Em si trovava proprio accanto a un lupo in carne e ossa.

Un lampo di luce gli balenò su una spalla e Andre trasalì. Poi ringhiò.

Il pubblico gridava selvaggiamente mentre un altro lampo squarciava il buio e la bestia oscura fuggiva dal palco.

Andre si azzardò a lanciare un'occhiata dietro di sé e vide Vi in piedi all'estremità del palco, con le mani che brillavano per effetto della magia a cui aveva appena fatto ricorso.

Stava controllando la bestia? O stava cercando di fermarla?

Le sue labbra si muovevano ma lui non riusciva a capire cosa stesse dicendo. Tuttavia non ci voleva un pazzo per capire che gli stava dicendo di inseguire la bestia.

E così fece.

Ma quando arrivò dietro le quinte e cominciò a perlustrare i corridoi, si accorse che era scomparsa. Tornò di soppiatto verso il punto in cui aveva lasciato i suoi indumenti e tornò alla sua forma umana, rivestendosi e tornando a guardare Em che finiva la sua esibizione.

Si accorse che tremava. Come avrebbe potuto evitarlo? Ma era un'artista straordinaria e stava portando a termine lo spettacolo con la stessa forza che ci si poteva aspettare da qualcuno che aveva resistito all'attacco di un licantropo.

Vi aspettava dietro le quinte, e quando lui le si avvicinò lo squadrò da capo a piedi. La band era tornata sul palco con Em, e nessuno sembrava essersi accorto che era successo qualcosa di magico.

Naturalmente i tecnici dell'illuminazione dovevano aver capito che qualcosa non andava. Ma avrebbero cercato guasti elettrici, non streghe.

Una strega. Vi doveva esserlo per forza, giusto? Ma non glielo avrebbe chiesto finché Em non l'avesse raggiunto.

Il concerto finalmente terminò e non ci volle molto perché Andre ed Em potessero tornare alla loro stanza, con Vi al seguito.

Non parlarono finché non ebbero chiuso la porta.

"Che cazzo sta succedendo?" chiese Em.

Vi sollevò una mano e inclinò la testa di lato, come se fosse in ascolto.

"Non c'è nessuno nel corridoio," le assicurò Andre. Lui ci sentiva benissimo.

Eppure Vi scosse la testa e si avvicinò alla porta, agitò le mani davanti ad essa e borbottò qualcosa finché non apparve un lampo di luce che poi si spense rapidamente.

"Ora sono certa che non ci sentiranno," disse. Raddrizzò la schiena diventando più alta di quanto lui si fosse mai reso conto, più sicura di sé ora che non doveva più nascondersi.

"Streghe," fu tutto quello che Em riuscì a dire prima di sprofondare sul divano nell'area di soggiorno della sua suite, con il viso tra le mani.

"Streghe?" chiese Andre guardando Vi per avere una conferma.

"Streghe." La ragazza annuì. "Sì. Sono una strega. Ovviamente."

"Non c'era niente di ovvio finché non hai cominciato a sparare fulmini dalle mani," disse Em, con voce ancora un po' tremante, probabilmente a causa sia dell'esibizione che della rivelazione di Vi. Sollevò i piedi sul divano e si rannicchiò su se stessa.

Andre avrebbe voluto andare a confortarla, ma era anche deciso a rimanere tra lei e Vi nel caso la ragazza si facesse idee strane.

"Hai evocato tu quella cosa?" chiese. Era quasi certo della risposta. Non pensava che qualcuno avrebbe evocato un mostro magico per poi combatterlo. Ma forse era stato quello lo stratagemma fin dall'inizio. Forse aveva evocato la creatura solo per respingerla e ingraziarsi Em.

"Certo che no," disse Vi, indignata.

"Dici un sacco di cose come se noi dovessimo capirle," intervenne Em. Si rimise a sedere, dritta. "Non ho mai sentito parlare di una vera strega. Non assomigli esattamente a Sabrina."

"Quella degli anni Novanta o il reboot?" chiese la ragazza, come se la cosa avesse importanza.

"Nessuna delle due." Em chiaramente non era in vena di battute.

Vi incurvò un po' le spalle. "Ti assicuro che non sono qui per farti del male."

"Allora qual è il motivo? E hai fatto qualcosa a Em, prima dello spettacolo. Cos'era, e perché l'hai fatto?" chiese Andre. Il suo lato pericoloso era vicino alla superficie, facendogli desiderare di aggredirla. Ma lui ed Em avevano bisogno di risposte, più di qualsiasi altra cosa.

Vi a quel punto sembrò intimidita. "Ho fatto un piccolo incantesimo di confusione su Mercy... voglio dire, su Em. Mi ha sorpreso nel camerino mentre cercavo di individuare la creatura grazie alla mia magia. Pensavo che non sarei riuscita a risultare credibile, se avessi spiegato cosa stavo facendo. Mi dispiace." Guardò Em con occhi imploranti. Lei si limitò ad annuire, un po' scioccata. Vi proseguì. "Volevo lavorare nella tua troupe. Io sono..." Le sue guance arrossirono, in contrasto con i capelli viola. "Sono una tua fan. Sembrava divertente. E prima che arrivasse il signor Licantropo, pensavo che tu avessi bisogno di un po' di protezione. Ho cercato di capire chi avesse evocato la creatura, ma è stato difficile. La magia è complicata da gestire e non mi aspettavo proprio di dover lanciare incantesimi importanti per questo lavoro."

"Come sai che sono un licantropo?" Quella domanda gli uscì di bocca senza che lui avesse il tempo di ripensarci.

Entrambe le donne lo fissarono, e lui si ricordò di

come si fosse trasformato e fosse corso sul palco in difesa di Em. "Domanda stupida. Ma lo sapevi prima di stasera?"

"Certo. È ovvio." Vi lo stava guardando come se fosse uno studente un po' tonto.

"Perdonami," disse Andre, con un tono che grondava sarcasmo. "Non sapevo che i licantropi fossero così facilmente identificabili. O che esistessero le streghe." E non gli piaceva il fatto che lei potesse confondere le persone con la sua magia.

Vi lo fissò, incredula. "Come potevi non saperlo? Il tuo branco non ha rapporti con una congrega?" Em fu per un attimo dimenticata, mentre la ragazza guardava Andre con un'espressione di estrema preoccupazione.

"Non credo che ciò che il mio branco abbia o meno sia affar tuo," rispose lui. Non era sicuro di fidarsi di quella donna, e certamente non aveva intenzione di darle più informazioni di quelle che già aveva.

"Quindi ci stai dicendo che sei una strega buona, giusto? Mi hai confuso un po' con la magia, ma non mi hai fatto del male. E non lo farai di nuovo," disse Em, riportando la conversazione su di sé. "E c'è una specie di strega cattiva che mi dà la caccia. Uno stregone?"

Vi alzò gli occhi al cielo. "Strega buona? Strega cattiva? È piuttosto riduttivo. Le streghe sono semplicemente persone. Alcune sono straordinarie. Altre fanno schifo. E chi ti sta minacciando appartiene sicuramente alla seconda categoria. Comunque ora che sai tutto non ho motivo di confonderti ancora."

Andre voleva chiedere conto a Vi per quell'incantesimo, ma Em sembrava disposta a lasciar correre mentre la ragazza parlava. "Allora cosa sta succedendo? Pensavamo che fosse un licantropo fantasma, all'inizio. Ora la chiamiamo bestia oscura."

"Bestia oscura... mi piace." Vi annuì, pensierosa, con un leggero sorriso sulle labbra. Si sedette al tavolo dell'angolo cottura e appoggiò i piedi su una sedia. "L'ha evocata qualcuno che sa gestire in qualche modo la magia. Di questo sono abbastanza sicura. Non è un fantasma. È uno spirito o una sorta di costruzione mentale. Non lo saprò esattamente finché non riuscirò ad avvicinarla. Ovviamente può infliggere danni, e il tuo compagno sembra essere in grado di attaccarla. Ma ci sono molti modi in cui questa cosa può essere stata portata nel mondo e molti altri in cui possiamo eliminarla. Però se vogliamo riuscirci dobbiamo lavorare insieme."

Andre sussultò quando lei pronunciò la parola *compagno*. Voleva strapparle più informazioni. Cosa intendeva dire? Vi aveva potenzialmente una vasta cultura su ciò che significava essere un licantropo e non sapeva quanto lui fosse ignorante in proposito, anche se doveva averne un'idea visto il tono con cui gli si era rivolta durante quella conversazione.

"Perché sta alzando il tiro?" chiese Em, un po' irrequieta sul divano. "All'inizio ci metteva solo i brividi. Ora mi sta attaccando."

"Ne sei sicura?" la provocò Vi. "O resta solo in

agguato facendosi vedere di tanto in tanto? Per quanto ne so combatte solo quando ha intorno il tuo compagno."

"E continui a definirlo così..." disse Em, con un tono a metà tra la domanda e l'affermazione, che Andre aveva difficoltà a decifrare.

"Beh, sì. Non lo è?" Serrò le labbra mentre il suo sguardo passava dall'uno all'altra. "O magari dovreste scoprirlo per conto vostro."

Em si alzò dal divano e cominciò a passeggiare nervosamente per la stanza. "Quindi tu pensi che non voglia farmi del male? Ha ferito Andre piuttosto gravemente." Gli lanciò un'occhiata preoccupata, e lui le sorrise di rimando per rassicurarla.

"Voi non reagireste se un licantropo vi aggredisse?"

Nessuno dei due ebbe una risposta a quella domanda. Ma la cosa fece riflettere Andre. "Chiunque sia responsabile di tutto questo potrebbe essere come te? Sta solo cercando di proteggerla da qualcosa?" Non gli piaceva l'idea della bestia oscura in agguato nei paraggi, ma se era qualcosa di cui non dovevano preoccuparsi poteva dormire un po' più tranquillo.

Vi scosse la testa. "Quella poteva essere l'intenzione iniziale. Ma una creatura come quella è destinata a prendere vita propria. E tra non molto potrebbe voler fare qualcosa a Em. Forse reclamarla per sé."

Andre non riuscì a trattenere il ringhio prodotto dalla sua gola.

Vi annuì, in accordo con il lupo di Andre. "Non va

bene. Di notte posso applicare una protezione alla vostra suite. Questo le impedirà di entrare, mentre siete qui. Impedirà a chiunque di entrare, in realtà. E durante il giorno tu resta vicino a lei. Ho qualche idea di quale potrebbe essere la causa di tutto, ma devo approfondire le ricerche. E ora che siamo tutti sulla stessa lunghezza d'onda, penso che potremo lavorare insieme."

"Così, semplicemente?" chiese Em. "Improvvisamente siamo una squadra? Ci hai mentito."

"Mi avreste creduto se mi fossi presentata da voi di punto in bianco dicendovi che sono una strega? Magari mostrandovi un paio di trucchi di magia? Ma dai..."

"Ho accettato abbastanza facilmente l'esistenza dei licantropi," ribatté Em a propria difesa, nonostante Vi non potesse saperlo.

"Sì, ma non è che tu avessi molta scelta," osservò Andre. Non c'erano alternative quando qualcuno attaccava tua sorella proprio davanti a te. Ma non disse quell'ultima parte ad alta voce. Non era necessario che Vi lo sapesse.

"Volete il mio aiuto o no?" chiese la ragazza, con le braccia conserte e battendo un piede con aria impaziente, come se fosse stanca delle loro stronzate.

Lui ed Em si scambiarono uno sguardo, ma la decisione era stata ovvia fin dall'inizio. Non sapevano niente di magia. Vi sembrava sapere tutto. E loro avevano bisogno di aiuto.

"Sì, lo vogliamo," decise Em. "Se metti una protezione sulla suite noi riusciremo a uscire?"

Vi annuì. "Se non c'è nessuno nella stanza, la protezione si dissolve. Quindi se dovete uscire entrambi scrivetemi un messaggio e io potrò venire a rimetterla. La cosa più semplice è che uno di voi resti in camera se l'altro va a prendere il ghiaccio, o altro. Chi rimane potrà poi farlo rientrare e la stanza rimarrà protetta. Niente può entrare senza un invito. Così va bene?" Parlava di sicurezza magica come se fosse una cosa banale come un sistema di allarme.

Tu sarai al sicuro fuori da qui?" chiese Andre. Non voleva che la loro nuova alleata corresse dei rischi.

"Oh sì, certo, starò benissimo." Non era affatto preoccupata, e non sembrava spavalderia. "Stasera comincerò a consultare le mie fonti e vedrò cosa ne ricavo. Voi due restate in massima allerta. Insieme possiamo combattere questa cosa."

Poi Vi tornò alla porta e lanciò un incantesimo su di essa prima di lasciarli da soli nella suite, protetti da una magia che nessuno dei due capiva del tutto.

Andre si voltò a guardare Em sprofondare di nuovo sul divano. "Streghe."

Era una grossa novità quella che avrebbero dovuto elaborare. Ma lui e la sua compagna erano finalmente soli e al sicuro dalla bestia oscura, per il momento. Il lupo dentro di lui allertò tutti i sensi. Non era interessato alle streghe, in quel momento.

Pensava alla sua compagna.

26

CAPITOLO VENTISEI

EM NON CAPIVA SE LA SUA VITA STESSE ANDANDO A ROTOLI O SE tutto avesse improvvisamente assunto un senso. Era possibile che entrambe le cose si verificassero contemporaneamente? Doveva essere così. Altrimenti il suo cervello avrebbe potuto esplodere nel tentativo di assimilare tutte le informazioni che aveva appena ricevuto.

Fissò la porta. Vi aveva lanciato la sua magia, ma per quanto intensamente Em la stesse studiando, sembrava la normale porta della camera di un hotel. Non scintillava di magia e non era avvolta dal fumo. Em avrebbe potuto pensare che Vi li stesse ingannando, se non avesse creduto con tutto il suo cuore che ciò che aveva detto fosse vero.

Tutto.

Anche riguardo ad Andre.

E sul fatto che fosse il suo compagno.

Compagno.

Cazzo.

C'era molto su cui riflettere. E Andre era a diversi metri di distanza, visibilmente deciso a non guardarla. A Em la cosa non piaceva. Tra loro tutto era esploso troppo in fretta e bruciava di un calore inestinguibile, ma non voleva tirarsi indietro.

Stava correndo verso un precipizio ed era pronta a lanciarsi nel vuoto con la sola promessa che il destino le avrebbe fatto spuntare le ali e le avrebbe permesso di volare. Sembrava impossibile. Ma lo sembrava anche l'esistenza di licantropi e streghe, eppure erano lì intorno a lei.

"Hai intenzione di restare lì tutta la notte?" gli chiese. Avrebbe potuto andargli incontro lei, ma anche Em aveva paura di muoversi.

"La stai prendendo bene," rispose Andre, rimanendo immobile.

Lei percepiva l'energia nell'aria tra loro, pronta a esplodere in qualche modo. Avrebbe fatto loro del male? O l'avrebbe spinta verso qualcosa che a malapena riusciva a comprendere?

Era una pessima idea prendere decisioni in un momento come quello. Em lo sapeva anche meglio di altri.

Ma aveva fatto la sua scelta già in pullman. Forse anche prima.

Due giorni in reciproca compagnia.

Un mese dal primo incontro.

Ed era più sicura di lui che di persone che conosceva da anni.

Le sembrò che fosse destino.

"Non ha detto molto che non avessimo già intuito da soli," disse Em pensando che la cosa meritasse un riconoscimento. Anche con una conoscenza così scarsa della magia, erano riusciti a capire a grandi linee cosa stessero affrontando.

"Ha usato la magia su di te." La voce gli uscì strozzata, ed Em capì che Andre si costringeva all'immobilità solo perché in quel momento la sua umanità era appesa a un filo.

Si avvicinò di un passo e vide che il colore dei suoi occhi aveva virato al giallo di quelli del suo lupo. Uomo e animale si contendevano il dominio. Un'altra donna avrebbe potuto spaventarsi.

Ma Andre e il suo lupo erano suoi.

"Non mi ha fatto del male." Em era un po' irritata per aver dovuto subire quell'incantesimo, ma era disposta a lasciar perdere. Per ora. Ma se Vi avesse fatto di nuovo una cosa del genere ci sarebbero state delle conseguenze.

"Il tuo odore..." Lui stava inspirando profondamente.

Ma Em sapeva che in quel momento non poteva avere niente di strano. "Hai già risolto quel problema. Piuttosto efficacemente." Il suo corpo bruciava al solo pensiero.

"In questa stanza sento ancora il suo. Lo ricordo bene." C'era una nota di minaccia nella sua voce.

No, non era minaccia. Era una voce piena di promesse.

Em gli si avvicinò di un altro passo e intrecciò le proprie dita con quelle di lui. "Vieni con me." Lo tirò verso la camera da letto. "C'è il suo odore qui?" Em non percepiva altro che profumo di pulito, ma era Andre il licantropo e aveva un naso migliore.

Lui scosse la testa.

"Vuoi assicurartene?" gli chiese lei con la voce sempre più roca.

Era tutto l'incoraggiamento di cui lui aveva bisogno. Se la tirò vicino, seppellendo le dita nei suoi capelli mentre le loro bocche si incontravano in un bacio bruciante che accese Em dall'interno.

I suoi vestiti erano troppo stretti. La stanza era troppo calda. Sentiva le gambe deboli.

Ed era perfetto.

E non poté che migliorare quando la lingua di Andre sfiorò la sua e lui la reclamò, imprimendo il suo sapore su di lei per sempre. Era il tipo di bacio che faceva perdere il controllo, e fece loro capire che non si poteva tornare indietro. Il tipo di bacio che poteva essere terrificante.

Ma la promessa che racchiudeva era esattamente ciò che Em voleva, ciò di cui aveva bisogno. Non aveva più certezze nella vita. E tutto quello che una volta sapeva essere vero era messo in dubbio. Aveva Andre, però, e qualsiasi forza li stesse unendo era più che giusta.

Si aggrappò alla sua camicia, e probabilmente gliel'avrebbe *strappata* se fosse stata solo un po' più forte, ma fu un segnale sufficiente perché Andre se la togliesse mettendo in mostra tutti quei muscoli guizzanti. Lei avrebbe voluto riempirsi gli occhi di lui, ma più forte ancora era il desiderio di baciarlo.

E lo fece. Lo baciò fino ad avere la mascella dolorante, e anche allora il disagio fu spazzato via da un'ondata di piacere quando le mani di lui scesero più in basso.

Dov'erano finiti i suoi vestiti?

Un momento prima era sicura di essere completamente vestita, e poco dopo sembrò che Andre avesse lanciato il suo incantesimo di seduzione lasciandola sdraiata e nuda sul letto. Non si trattava di reale magia. Non avevano bisogno della magia. Non al di fuori di quella che potevano produrre i loro due corpi insieme.

Andre si tolse i vestiti rimanenti e si abbassò su di lei, baciandola di nuovo. Lei non era mai sazia delle sue labbra. C'era qualcosa di gioioso, come se stessero condividendo una nuova reciproca scoperta, a cui Em avrebbe voluto dedicarsi per il resto della sua vita.

Sapeva che era tutto troppo rapido, ma niente in lei avrebbe potuto pentirsene, non mentre i baci di lui le acceleravano il battito e la facevano pensare all'eternità.

Se avessero avuto davvero l'eternità avrebbe potuto imparare tutto su ciò che piaceva ad Andre. Sentiva già il modo in cui il corpo di lui rispondeva mentre faceva scorrere le mani e le dita sul suo fianco sinistro e sulle sue natiche spettacolari. Quali altri punti lo avrebbero fatto gemere? Voleva assaggiare ogni centimetro del suo corpo, e anche di più. Voleva mettersi a cavalcioni su di lui e guardarlo mentre veniva.

Ma fu Andre a tracciare percorsi di baci sul suo corpo e a cominciare a scoprire cosa la faceva rabbrividire. E poi la sua testa fu tra le gambe di lei ed Em pensò che dovesse essere davvero uno stregone, a giudicare dall'incantesimo che le aveva lanciato.

Strinse le lenzuola tra le dita e non riuscì a trattenere il gemito strozzato che le uscì dalla gola, incitandolo a continuare. Lui sembrava sapere esattamente come accendere ancora di più il suo desiderio, ed Em si chiese se si trattasse di un suo talento speciale o di qualche tipo di magia mistica da licantropo.

Non le importava, purché non si fermasse.

Non lo fece. Le diede di più, dedicando tutto se stesso a celebrare quell'unione con la lingua e con le mani. E quando ebbe strappato ogni grammo di piacere che lei pensava di poter dare, Em raggiunse l'apice e venne, invocando il suo nome.

Ma Andre non aveva finito.

E lei avrebbe potuto adorarlo per questo.

Lui la baciò di nuovo mentre Em lo aspettava, bagnata e ancora piena di desiderio. Poi si posizionò al suo ingresso e il suo sesso cominciò a stuzzicarla, facendola implorare.

Le fece venire voglia di cantare.

Si spinse dentro di lei ed Em gemette, aggrappandosi a lui mentre il suo corpo lo accoglieva sempre più profondamente in sé adattandosi alla perfetta unione dei loro corpi, che combaciavano come se fossero fatti l'uno per l'altra.

Si mossero all'unisono. Em aveva aspettato per un'eternità quel momento con Andre, nonostante la rapidità con cui l'attrazione era esplosa tra loro. Non poteva più sottrarsi ormai, e niente in lei avrebbe voluto farlo.

Era esattamente lì che doveva essere, e lui era la persona con cui era destinata a stare.

E mentre il suo corpo si arrendeva e fremeva contro quello di lui, Em seppe che non c'era più ritorno.

Ci sarebbero state parole da pronunciare, ma era troppo presto, quindi comunicò attraverso il proprio corpo e i loro baci. E se fosse stata coraggiosa avrebbe capito che Andre le avrebbe detto a sua volta esattamente la stessa cosa.

Ma Em non fu abbastanza audace per parlare, e quel giorno le era già stato chiesto una volta di credere all'impossibile.

Si lasciò trasportare dalle sensazioni, e quando venne per la seconda volta desiderò che tra loro potesse essere sempre così.

Lei e Andre. Insieme.

27
CAPITOLO VENTISETTE

EM RIUSCÌ A RIPOSARE IN TRANQUILLITÀ, MA IL MATTINO arrivò in fretta e Andre non riuscì più a riaddormentarsi. Erano avvinghiati l'uno all'altra sul letto e lui la guardò a lungo, prestando attenzione alla curva della sua mandibola e al modo in cui i suoi capelli biondi erano sparsi sul cuscino, proprio come li aveva immaginati.

Quello era il tipo di paradiso che non aveva mai osato sognare. E se non fosse stato attento, gli sarebbe scivolato via tra le dita prima che potesse farlo suo per sempre. Non voleva nemmeno pensarci, e non avrebbe lasciato che quelle ombre turbassero quel loro abbraccio.

Andre si allontanò, attento a non ridestare Em dai suoi sogni. Lei lavorava duramente e aveva bisogno di riposare, soprattutto considerando quanto avevano fatto tardi la sera prima.

Dovette cambiare stanza, per convincere se stesso

che baciarla, svegliarla e fare di nuovo l'amore *non* sarebbe stato il modo giusto di iniziare la giornata.

Avrebbero potuto farlo più tardi, dopo che lei si fosse svegliata spontaneamente.

Ma prima doveva riflettere a fondo su tutto ciò che aveva scoperto la sera prima. Lui e il suo branco sapevano che la magia doveva esistere. Dopo tutto erano stati una strega, uno stregone o un qualche tipo di mago a lanciare un incantesimo su di loro quasi tre anni prima in Germania, nella Foresta Nera. Nessuno di loro era stato morso, nessuno di loro aveva capito cosa stesse succedendo.

E poi una notte, più di un mese più tardi, si erano trasformati e avevano corso nei boschi con fattezze da lupo.

Da allora lui e gli altri avevano portato avanti le loro vite con passi incerti. Dopo il rapimento, ma prima della prima muta, erano stati cacciati dall'esercito ricevendo ingenti compensi per il loro silenzio. Andre pensava che l'esercito non sapesse esattamente cosa fosse successo. Erano stati congedati per evitare un incidente diplomatico con uno dei più forti alleati del Paese.

Lui e il suo branco erano stati fortunati. Rabbrividiva al pensiero di cosa sarebbe potuto succedere se si fossero trasformati in lupi mentre appartenevano ancora all'esercito. Test. Detenzione all'interno di strutture segrete. Una quantità di aghi. E nessuna speranza di tornare in libertà.

Vi gli aveva dato più informazioni di quante ognuno

di loro ne avesse raccolte fino a quel momento. Erano andati avanti a tentoni, scoprendo l'estensione delle loro capacità per tentativi ed errori. Ma non c'era modo di valutare le loro doti magiche, visto che nessuno di loro ne sapeva nulla.

Tuttavia aveva visto Rowe praticare alcuni trucchi con le carte che rasentavano la stregoneria, ammesso che la cosa avesse qualche rilevanza.

Ma in qualche modo era piuttosto certo che Vi gli avrebbe detto che non si trattava di magia.

E poi c'era la questione della sua compagna.

Il lupo di Andre si rianimò a quel pensiero. E cominciò a insistere perché lui tornasse in camera da letto e svegliasse Em per farla sua. Durante quella notte c'era stato un momento in cui lui era stato quasi certo che gli sarebbero cresciute le zanne e che le avrebbe affondate nella carne di lei, marchiandola come sua compagna in modo che tutti lo sapessero.

Aveva resistito. A malapena.

E non poteva lasciare che il suo lupo salisse in superficie, o non sarebbe stato in grado di resistere ancora, ne aveva la certezza.

Non comprendeva appieno il significato che l'accoppiamento aveva per i lupi. Era destino? Chimica? Owen e Stasia stavano cercando di determinare la natura della loro relazione e Andre non aveva sentito la necessità di infastidirli per capire come stessero le cose.

Ma ora aveva bisogno di sapere. Ora aveva Em. Ed era determinato a essere il miglior compagno possibile.

Lei voleva la stessa cosa? Erano passati dal tollerarsi a malapena al letto nel giro di pochi giorni, e se lui conosceva il proprio cuore, non poteva dire altrettanto di quello di lei. Si sarebbe aspettata che lui se ne andasse, una volta che fosse finito tutto?

Al suo lupo non piaceva l'idea, e nemmeno a lui. Non era nemmeno certo di *poterlo* fare. Ma era un problema che avrebbe affrontato in seguito. Doveva tenere al sicuro il suo corpo, prima di poter reclamare il suo cuore.

Sperava inoltre che avrebbe avuto il tempo di rivolgere a Vi altre domande su ciò che significava essere un lupo e un compagno, e su tutto quello che c'era da sapere sulla magia.

Andre aveva una lunga lista di appunti e di domande e sapeva che Gibson sarebbe stato felice di riceverla. C'erano più informazioni di quante ne avessero ottenute fin dall'inizio. E ciò avrebbe potuto finalmente cominciare a svelare il mistero di cosa loro fossero esattamente e del perché fossero stati trasformati.

Andre in realtà era poco interessato ai motivi. Era incline a ritenere che fossero stati bersagli facili, per quanto potessero esserlo persone che vivevano in una base militare sicura. O forse era stato proprio il loro addestramento a renderli i soggetti ideali.

Non c'era niente di speciale in lui. La sua famiglia era normalissima, e prima di diventare un lupo mutaforma lui non poteva illudersi di essere stato qualcuno di spettacolare.

Un po' introverso. Un po' incline a tenere il broncio.

Ma non il tipo di persona destinata a diventare un licantropo.

Non gli importava del destino. Non aveva mai fatto nulla per dargli una mano. A parte forse farlo entrare nella vita di Em.

E l'avrebbe ringraziato per quello. Ma *solo* per quello.

Ripassò nuovamente i suoi appunti. Avrebbe dovuto riscriverli in una forma più coerente e ordinata prima di spedirli a Gibson.

Ma sentì Em muoversi in camera da letto e mise da parte il taccuino. Poteva aspettare un po'. Lui voleva augurare il buongiorno alla sua compagna.

28

CAPITOLO VENTOTTO

Era una mattinata perfetta. Finché Em fosse riuscita a ignorare le preoccupazioni sulla bestia oscura, la stregoneria e tutte le cose brutte che stavano accadendo. Aveva Andre nel suo letto e un programma chiaro fino a mezzogiorno inoltrato.

Voleva approfittarne, sia tra le lenzuola che fuori. Il suo corpo era sazio, ma il suo cuore voleva di più.

Quando gli propose di uscire per fare colazione insieme non era realmente preoccupata che lui rifiutasse. Ma il suo sì le fece sciogliere nel petto qualcosa di teso che non sapeva di avere.

Non c'erano paparazzi in attesa quando lasciarono l'hotel e presero un taxi che li portasse in centro in uno dei ristoranti che le erano stati consigliati. Durante il tragitto poté fingere di essere solo una donna normale, seduta accanto a un uomo normale, che usciva a mangiare un boccone dopo una notte spettacolare passata insieme.

Lei non era una rockstar. Andre non era un lupo mutaforma. E non c'era alcuna bestia magica a darle la caccia.

Ma lei *era* una rockstar, e Andre *era* un lupo mutaforma, e la bestia poteva aggredirla in qualsiasi momento.

Em curvò un po' le spalle mentre la realtà minacciava di intromettersi.

Andre allungò una mano e intrecciò le proprie dita con le sue. "Stai bene?" chiese.

"I tuoi raffinati sensi da licantropo ti hanno avvertito di qualcosa?" Si maledisse subito dopo per aver parlato di licantropi. Stavano parlando a bassa voce e il tassista ascoltava musica ad alto volume, ma questo non significava che non potesse sentirli. Con un po' di fortuna avrebbe pensato di aver capito male. Era proprio il genere di storia che Em non voleva veder finire sui giornali scandalistici.

"Sembravi solo nervosa," la rassicurò Andre, dandole una stretta alla mano con occhi luminosi e premurosi.

"Stanno succedendo molte cose." Era un riassunto largamente insufficiente, ma conoscevano entrambi la situazione. Avevano bisogno di quella piccola pausa. Senza dubbio Vi sarebbe venuta presto a cercarli. Ma potevano concedersi ancora qualche ora insieme per comportarsi da persone normali.

Il ristorante non aveva una sala sul retro o tavoli

particolarmente appartati, ma Em decise che valeva la pena rischiare. Era un piccolo bistrot americano specializzato in sontuosi brunch e idolatrato da metà degli utenti di Instagram.

Avrebbe fatto carte false per dei waffle che sembrassero buoni come nelle foto che aveva visto online.

La conversazione tra loro fu facile, più di quanto si fosse mai aspettata. Andre ruppe il ghiaccio raccontandole un aneddoto su alcune delle bravate che Owen e Stasia avevano combinato nell'ultimo mese, una delle quali coinvolgeva inspiegabilmente uno scivolo acquatico e un sacco di schiuma.

Lei non poté rispondere parlando di amici comuni, ma lo fece ugualmente scoppiare a ridere raccontando uno scherzo che alcuni membri della troupe le avevano fatto durante la permanenza presso la prima tappa del tour.

Non avevano ancora ricevuto a tavola le loro ordinazioni quando alcuni avventori iniziarono a fotografarli di soppiatto col cellulare. Em aveva voglia di rivolgere loro una smorfia. Non era necessario che i paparazzi sapessero dove si trovava, quando c'era un sacco di gente normale pronta a violare la sua privacy.

Ma non poteva lasciar trasparire la sua frustrazione. La cosa avrebbe solo fatto aumentare il valore degli scatti. E sarebbe stata pubblicata una storia su come era stata scortese nei confronti dei fan o su come si atteggiasse a diva o su come facesse tutto questo per aumentare la sua visibilità.

"Posso tenerti la mano?" chiese Andre a bassa voce, lanciando un'occhiata oltre la spalla di lei verso quella che probabilmente era una delle tante videocamere non troppo discrete. "Come vuoi giocartela?"

Non stava cercando di attirare l'attenzione, il che era positivo, ma non sembrava nemmeno essersi innervosito, e questa era la cosa migliore. Em si era già imbattuta in entrambi i problemi. O le persone uscivano con lei perché volevano una loro foto sui blog, sui social media e sulle riviste, oppure non sopportavano i riflettori e fuggivano molto prima che le cose potessero diventare serie.

Andre non stava scappando.

Ovviamente quel genere di stronzate non era neanche lontanamente disturbante come lo schifo che aveva dovuto affrontare lui.

Lei allungò un braccio e gli prese la mano. In giro c'erano già delle voci, e se lui le fosse rimasto accanto avrebbe dovuto fare una dichiarazione. Cosa avrebbe pensato il mondo del suo fidanzato licantropo?

Lui rappresentava quello, per lei? Avrebbe voluto chiederglielo. Non aveva nemmeno mai voluto pronunciare quella parola. Solo un mese prima non sapeva che i licantropi esistessero e ora stava andando a letto con uno di loro. Ora aveva una strega e un licantropo a proteggerla da una specie di lupo fantasma oscuro che stava cercando di aggredirla durante il tour.

La sua vita era diventata troppo strana per iniziare a dare di matto per una cosa semplice come la simpatia per un uomo, ma temeva che se si fossero spinti molto oltre nella loro relazione nascente, tutto quello che stava provando sarebbe presto diventato molto più di una *simpatia*.

Non era stato un colpo di fulmine. Non ne aveva mai sperimentato uno.

Ma forse non era mai successo perché nessuno degli uomini con cui era stata in passato era Andre.

"Sembri seria," disse lui, accarezzandole la mano con il pollice e mandandole brividi lungo il braccio.

"Sto solo pensando," rispose lei con un sorriso neutro; non sapeva ancora cosa si sentisse pronta a rivelare.

"Vuoi condividere i tuoi pensieri?"

Avrebbe anche potuto farlo se non fosse arrivato in quel momento il cameriere con i piatti carichi di cibo. Non sapeva come potesse Andre mangiare così tanto, ma a quanto pareva i licantropi avevano un metabolismo magico e lei si sarebbe limitata a osservarlo inorridita mentre consumava due colazioni complete.

I suoi waffle erano deliziosi proprio come promettevano nelle foto su Instagram, e forse in realtà non avrebbe passato poi tanto tempo a guardare Andre mangiare, visto che poteva godersi con calma il suo piatto.

Accantonò mentalmente la gente e i cellulari. Stava facendo colazione con un amico. Forse un fidanzato. E allora?

Non era poi una situazione così interessante e non

aveva intenzione di costruirci sopra una storia da dare in pasto al pubblico.

Era invece determinata a godersi la mattinata con Andre.

Dopo aver finito di mangiare si trattennero ancora un po' e presero un'altra tazza di caffè. Poi andarono a fare una passeggiata. La città in cui si trovavano aveva un bellissimo parco in centro, con un percorso pedonale fortemente ombreggiato da alberi che attutivano il rumore del traffico e invitavano a immaginare di essere in un luogo libero da tutti i fastidi della vita moderna.

Lei e Andre si tenevano per mano mentre camminavano, ed era bello.

Così bello che lei temeva di abituarcisi. Se lo avesse fatto avrebbe rischiato di ritrovarsi con il cuore spezzato. Una volta che la minaccia della bestia oscura fosse cessata, Andre non avrebbe avuto una scusa per restarle intorno. A meno che lei non tentasse la sorte e gli chiedesse di rimanere, per quanto quel pensiero facesse paura.

Aveva la sensazione che per Andre valesse la pena rischiare.

Ma alla fine la loro mattinata insieme doveva terminare. Aspettavano Em per un'intervista nel giro di un'ora e lei doveva prepararsi. E Andre probabilmente aveva bisogno di parlare con Vi per escogitare un piano di protezione per lei, per quando saliva sul palco a dare tutta se stessa in concerto.

Presero un taxi per tornare all'hotel e appena saliti

sulla vettura il cellulare di Em suonò, avvisandola di una chiamata in entrata da parte del suo manager.

"Ciao, che succede?" Non riceveva molte chiamate di quel tipo, soprattutto quando non c'erano trattative in corso per contratti, non dovevano pianificare nuovi tour o pubblicare un nuovo album.

"Devo far intervenire le pubbliche relazioni?" le chiese il manager.

"A proposito di cosa?" Per un terribile istante si chiese se la bestia oscura fosse apparsa nelle foto di qualche fan.

Ma lui non disse niente di simile. "Il tizio con cui stai. Di cosa si tratta? Sai bene che devo essere informato, se stai iniziando a uscire con qualcuno."

Em scoppiò a ridere.

"Cosa c'è di così divertente?" chiese il manager.

Ma Em non riuscì a trovare una risposta sensata. Farfugliò la promessa di richiamarlo, poi chiuse la comunicazione, silenziò la suoneria e si rimise il telefono in tasca. Era un problema così banale che Em non riusciva a capacitarsi di tanta preoccupazione.

Le sarebbe piaciuto che la sua difficoltà più grande fosse che il mondo avrebbe scoperto il suo flirt prima che lei lo rendesse pubblico.

Avrebbe affrontato una questione del genere anche tutti i giorni, al posto del licantropo fantasma.

29
CAPITOLO VENTINOVE

IL CONCERTO DI QUELLA SERA SAREBBE STATO UN PO' DIVERSO dagli altri a cui Andre aveva assistito. Per cominciare, riceveva occhiate sempre più numerose dai membri della troupe, che si chiedevano cosa rappresentasse lui esattamente per Em. Le foto di quella mattina avevano solo sparso altra benzina sul fuoco, ma per il momento non aveva ancora intenzione di preoccuparsene. Il suo stesso branco gli aveva già inviato una mezza dozzina di messaggi pieni di emoji, immagini scherzose e battute che lo avrebbero fatto infuriare se fosse stato con loro, invece di comunicare con quella modalità.

Rowe lo aveva chiamato per chiedergli quale fosse il vero motivo per cui non volesse rinforzi. Andre in risposta aveva solo ringhiato.

Ma era fiducioso. Se fosse tornato da quell'incarico in coppia con Em, sapeva che il branco l'avrebbe accettata. In caso contrario non avrebbe comunque rinunciato, ma quello era un ostacolo di cui non doveva preoccuparsi.

Doveva sgomberare la mente da tutte quelle riflessioni. Il vero motivo per cui quella serata era diversa dalle altre era che cominciava a farsi un'idea di cosa stesse cercando e che aveva un'alleata in Vi. Si erano divisi i compiti per l'inizio dello spettacolo e avevano programmato di scambiarsi i ruoli verso la metà dell'esibizione. Per il momento Andre stava guardando Em e il resto della band eseguire i pezzi che l'avevano resa una star. Come lei gli aveva suggerito, si era procurato dei tappi per le orecchie che gli rendevano molto più tollerabile la prossimità agli altoparlanti.

Non gli piaceva il fatto che riducessero le potenzialità di uno dei suoi sensi, ma visto il frastuono era una reale necessità. E ogni volta che assisteva a uno di quei concerti si abituava un po' di più al sovraccarico sensoriale.

Al suo lupo la cosa non piaceva. Avrebbe dovuto farsene una ragione.

A metà dello spettacolo Vi andò a mettersi accanto a lui mentre guardavano Em terminare uno dei suoi numeri. Era il momento in cui si erano presentati i problemi l'ultima volta. La band abbandonò il palco e Andre vide il chitarrista essere salutato da una delle coriste e coinvolto in una conversazione quando sembrava che stesse per sgattaiolare in bagno o qualcosa del genere. Le luci si abbassarono, e i sensi di Andre entrarono in stato di massima allerta.

La bestia era là fuori in attesa di attaccare Em?

Si aggirava nell'ombra?

Non percepiva nulla.

Da Vi proveniva un sordo ronzio che Andre realizzò piuttosto in fretta trattarsi di magia. Stava usando le sue capacità per capire se la bestia fosse in agguato.

Andre era pronto a entrare in azione. Questa volta avrebbe attaccato come uomo, non come lupo. Sempre se fosse stato necessario.

I riflettori seguivano Em mentre camminava sul palco senza dare alcun segno di temere un attacco magico.

La canzone che stava cantando terminò e le luci si spensero un attimo mentre la band si affrettava a tornare sul palco. Poi si riaccesero e lo spettacolo ricominciò con la canzone successiva.

"Non ho percepito nulla," disse Vi. Si guardava intorno nel backstage come se cercasse di capire quale variabile avesse fermato il potenziale attacco.

"Nemmeno io," rispose Andre, a disagio per il senso di insoddisfazione che cominciava ad attraversarlo. "Ma è così strano? Forse il responsabile l'ultima volta ha avuto un'opportunità che stasera non si è presentata."

Vi prese in considerazione quell'ipotesi con le labbra serrate e un sopracciglio alzato. "Ora mi occupo io del palco. Dietro le quinte non ho trovato niente. Forse il tuo naso sarà più utile."

Andre le lasciò campo libero. Secondo Vi, chiunque controllasse la bestia oscura avrebbe avuto bisogno di un altare o di qualcosa di simile per incanalare il proprio potere. E dato che stavano ipotizzando che il responsabile degli attacchi fosse un membro della troupe, si presumeva anche che l'altare si trovasse da qualche parte nel backstage.

Andre si sarebbe immaginato una struttura enorme fatta di ossidiana e coperta di candele rosse con la cera che colava. Per fortuna Vi gli aveva detto cosa cercare. Era più probabile che fosse qualcosa di piccolo, qualcosa di facilmente trasportabile che l'assalitore potesse predisporre in pochi minuti.

Vi aveva usato i suoi talenti magici per cercare di trovarlo, ma ora Andre avrebbe usato l'olfatto. Tutto ciò che sapeva era che la bestia oscura non aveva odore. Quindi era alla ricerca di un'assenza di odore. Era una cosa strana da cercare, ma Andre aveva solo quella possibilità a disposizione.

Cominciò dalle vicinanze del palco e cercò di non comportarsi in modo troppo sospetto. C'era una quantità di addetti vari che lavoravano per assicurarsi che lo spettacolo procedesse senza intoppi. Non doveva intralciarli e doveva evitare che cominciassero a pensare che potesse creare problemi.

Percorse un corridoio, poi un altro, controllando le porte e passando in rassegna ripostigli e camerini, che sembravano tutti avere la loro normale funzione.

Al terzo ripostiglio pensò di aver trovato qualcosa, ma a giudicare dai suoni che provenivano dall'interno si trattava di due membri della troupe che rubavano un momento di intimità, e decise di non aprire la porta.

Non doveva farsi scoprire e non voleva vedere due estranei fare sesso.

Il suo naso non gli disse nulla e alla fine Andre tornò dal backstage senza più successo di quanto ne avesse avuto Vi.

"Non hai avuto fortuna?" gli chiese lei.

Andre si limitò a scuotere la testa.

"Forse l'ultima volta lo hai spaventato. Forse non si aspettava che la sua creatura venisse attaccata."

"O forse stasera è semplicemente troppo impegnato. Puoi usare un po' di più... della tua magia e vedere se riesci a capire qualcosa?" chiese Andre lanciando un'occhiata alle persone nei paraggi.

Vi stese le dita, che brillarono debolmente in un'inutile dimostrazione di potere. "Ci sto già lavorando. Direi che per il momento dovremmo prendere la situazione come un buon segno. Stasera alzerò le solite protezioni alla vostra suite. Sii felice di avere un po' di respiro."

Andre non poteva essere felice. Non pensava che quella fosse solo una pausa. Era la calma prima della tempesta.

30
CAPITOLO TRENTA

PASSÒ UNA DECINA DI GIORNI, E MENTRE ARRIVAVANO A Chicago Em cominciò a sperare davvero che la bestia oscura fosse sparita. Non c'erano più stati attacchi da quella sera sul palco, e né Andre né Vi erano riusciti ad avvistare il mostro o a trovare segni della sua presenza.

Questo avrebbe dovuto renderla felice. Em non *voleva* proprio essere aggredita da una creatura magica. Ma se avessero stabilito che era definitivamente scomparsa, allora forse anche Andre se ne sarebbe andato.

Questo non lo voleva affatto.

Durante l'ultima settimana e mezza lei e Andre si erano avvicinati sempre di più. Non riuscivano a togliersi le mani di dosso e in più di un'occasione qualcuno li aveva quasi sorpresi in una posizione compromettente mentre si baciavano nel suo camerino.

Non era colpa di Em se in braccio a lui stava tanto comoda. Soprattutto quando si trattava di baciarlo.

Per fortuna nessun giornalista era riuscito a intrufolarsi e a scattare foto proibite.

Non sapeva cosa si provasse a legarsi a un compagno. Vi non aveva dato altre informazioni e Stasia non si era mai sbilanciata più di tanto ogni volta che Em glielo aveva chiesto.

Per quanto la riguardava la definizione di legame di coppia era una sottigliezza che non aveva importanza. I suoi sentimenti erano reali. E intensi.

Era una buona cosa? Non sapeva sotto quale luce avrebbe dovuto vedere il fatto che il destino l'avesse accoppiata a un'altra persona. Ma non sembrava che una forza ultraterrena stesse controllando la loro relazione. Era un dato di fatto che niente era mai stato più naturale di quello che provava per Andre.

E non voleva che lui se ne andasse, una volta che fossero stati sicuri che la bestia oscura non era più una minaccia.

Non sapeva nemmeno se potesse chiedergli di restare. Lui aveva un lavoro a New York. Lei sarebbe stata in tour ancora per mesi. Se avessero ammesso cosa stavano diventando l'uno per l'altra, come sarebbe sopravvissuta la loro relazione dovendo rimanere lontani così a lungo?

Altre coppie gestivano bene i rapporti a distanza. E lei sapeva di poter affrontare separazioni brevi. Era una donna adulta con una vita sua. Non aveva bisogno della presenza di Andre a ogni ora del giorno.

Ma parlare di settimane era diverso che parlare di mesi.

In ogni caso stava correndo troppo. Non avevano parlato di emozioni. C'erano stati sguardi profondi e baci intensi. E non avrebbe mai dimenticato cosa provava ad avere Andre dentro di sé.

Ma del futuro non avevano parlato.

Avrebbe potuto ipotizzare che Andre stesse con lei solo perché la vicinanza teneva alto il livello di attenzione. L'attrazione tra loro era sempre bruciante ed esplosiva. Se si fossero allontanati avrebbe potuto esaurirsi.

Tuttavia Em non pensava che fosse quello il caso. Non era un incendio boschivo che dopo aver distrutto foreste e città si sarebbe ridotto a braci per poi esaurirsi. La loro attrazione era più simile al sole, una palla di fuoco che avrebbe impiegato miliardi di anni a spegnersi.

E anche allora, dubitava che si sarebbe estinta.

Era stato tutto veloce e intenso. Troppo per poterci riflettere sopra. Ma non poteva toglierselo dalla mente visto che Andre le era sempre accanto.

In quel momento stavano sonnecchiando, dopo essersela svignata per un po', nel pomeriggio, per fare l'amore. Era un attimo così perfetto che Em avrebbe voluto fermare il tempo per non dimenticarlo mai.

Le labbra di Andre le sfiorarono il ventre e lui sollevò lo sguardo verso di lei da dove era sdraiato, con la testa sul suo grembo. "Non dovevi dormire?" le chiese, con voce roca e intima.

"Pensi che questo sia bastato a stancarmi?" lo provocò lei, con un sorriso che si faceva sempre più largo mentre il desiderio oscurava lo sguardo di Andre.

"Ora ti faccio vedere cos'è la stanchezza," disse, a metà fra una minaccia e una promessa.

Em si chinò a baciarlo.

Mezz'ora più tardi Andre si alzò sudato dal letto, con il corpo che irradiava soddisfazione. "Devo andare a controllare il backstage prima del tuo spettacolo. La bestia potrebbe essere in agguato."

Lei avrebbe voluto convincerlo a restare ancora per qualche ora. O anche *una* sola ora. Alla fine Darlene sarebbe venuta a cercarla, o Melinda, o chiunque avesse qualche potere sulla gestione del suo tempo. Non aveva neanche menzionato il fatto che la bestia non si faceva viva da più di una settimana. Andre lo sapeva bene quanto lei. E parlarne avrebbe potuto rompere l'incantesimo di ciò che stava accadendo tra loro.

"Non esporti," gli disse Em mentre lui si rivestiva e si preparava a una potenziale battaglia.

Andre si chinò e le diede un bacio profondo. "Sei tu che non devi esporti. Lascia che io mi occupi della tua sicurezza."

"Immagino sia per questo che sei qui." Non avrebbe voluto dirlo. Non voleva ancora affrontare quell'argomento.

E non riuscì a interpretare la fuggevole espressione che passò sul volto di lui.

La baciò di nuovo, questa volta ancora più profondamente. Se lei fosse stata coraggiosa, avrebbe potuto leggere qualcosa in quello che stava provando durante quel bacio. Avrebbe potuto immaginare che Andre stesse cercando di dirle qualcosa. Ma lui si tirò indietro senza rispondere.

"Chiama Vi e dille di rimettere la protezione sulla suite, se hai intenzione di rimanere qui per un po'. Altrimenti, ci vediamo dietro le quinte."

Se ne andò, ed Em sprofondò di nuovo tra le lenzuola.

Sentì la porta aprirsi e chiudersi mentre Andre si allontanava lasciandola sola, e lanciò un'occhiata verso il comodino dove il suo telefono era rimasto a lungo silenzioso. Lui aveva ragione. Avrebbe dovuto chiamare Vi. Di solito la ragazza alzava le protezioni sulla suite quando lei e Andre si ritiravano per la notte. E dato che erano tornati lì di nascosto per il loro pomeriggio di piacere, la stanza era rimasta sguarnita.

Non del tutto. Lei si sentiva sempre al sicuro quando c'era Andre.

Ma lui non c'era più.

Si allungò a prendere il telefono e gemette nel vedere che la batteria era scarica.

Stupida. Stupida. La notte prima erano andati a letto subito dopo aver chiuso la porta alle loro spalle. E lei era stata un po' distratta e aveva dimenticato di mettere in carica il telefono.

E poi l'aveva lasciato in camera durante la mattinata. Non voleva essere disturbata.

Em saltò giù dal letto, trovò il caricabatterie e collegò il telefono. Da qualche parte aveva anche un caricatore portatile che avrebbe dovuto portare in camerino, ma intanto aveva il tempo di fare una doccia. Probabilmente lì era comunque abbastanza al sicuro.

E ciò che Andre non sapeva non l'avrebbe fatto preoccupare.

Sotto la doccia lasciò che il calore le penetrasse nelle ossa. Il getto rovente era la seconda migliore sensazione che avesse provato in tutta la giornata. Si concesse anche più tempo del necessario.

Ma alla fine dovette uscire e cominciare a prepararsi per lo spettacolo di quella sera.

Era già mezza vestita quando sentì che nella stanza adiacente qualcosa cadeva sul pavimento con un rumore metallico.

"Andre?" chiamò. Di solito lui non era così maldestro, ma era l'unico ad avere la chiave della sua stanza.

Lui non rispose, e lei fu attraversata da un fremito di apprensione.

Si avvicinò silenziosamente al telefono e fu grata di vedere che la batteria era abbastanza carica per poter chiamare Vi.

Qualcos'altro sferragliò nell'altra stanza, ed Em stavolta rimase in silenzio. Non era Andre.

O era entrato qualcuno, o si trattava della bestia oscura. Accese tutte le luci in camera da letto e chiuse a chiave la porta, come se la cosa potesse tenere fuori una creatura magica.

Poi compose il numero di Vi.

Ma prima di poter dire una sola parola, la bestia irruppe nella stanza attraverso la porta come un fantasma di passaggio attraverso i muri, e il dolore dilaniò Em mentre veniva aggredita.

31
CAPITOLO TRENTUNO

Nel corridoio Andre si imbatté nel chitarrista di Em, in una delle coriste e in un membro della troupe che uscivano dall'ascensore. Si rese contro che probabilmente doveva iniziare a imparare i nomi di tutti loro, se aveva intenzione di rimanere nei paraggi.

Si scambiarono un cenno educato, poi Andre prese l'ascensore e si diresse al piano terra. Pensò di chiamare Vi. Non gli piaceva l'idea di lasciare Em sola nella suite senza l'incantesimo di protezione, ma ne aveva parlato con Em e doveva fidarsi di lei.

Inoltre erano già passati dieci giorni senza nessun genere di aggressione. Forse la bestia era stata spaventata dalla collaborazione tra lui e Vi. Forse se n'era andata.

O forse stava aspettando il momento giusto.

Andre non era convinto che se ne fosse andata. E non

solo perché voleva aggrapparsi a una scusa per rimanere al fianco di Em.

Una sensazione di disagio cominciò a pervaderlo mentre procedeva verso la struttura destinata al concerto. Avrebbe voluto voltarsi e tornare di corsa da Em. Il suo lupo lo scosse così forte da costringerlo a fermarsi per un attimo. Insisteva sul fatto che qualcosa non andasse a proposito della sua compagna.

Ma Em non era la sua compagna. Non ancora. Lui non l'aveva reclamata. E non aveva ancora chiesto a Vi cosa significasse davvero accoppiarsi.

Sarebbe stata sua, se glielo avesse permesso.

Proseguì. Voleva farsi un'idea della disposizione interna dell'area prima che andasse in scena lo spettacolo di quella sera. Era meglio occuparsene in anticipo, durante i preparativi. Ma il lupo di Andre era sempre a disagio.

Cercò di convincere il lupo e se stesso che avrebbero visto Em più tardi e che tutto sarebbe andato bene.

Il suo lupo non gli credeva.

Qualche tempo dopo Andre si sentì come se degli artigli gli stessero squarciando il petto e sobbalzò violentemente. Guardò in basso, muovendo la mano per raccogliere il sangue che però non stava sgorgando da lui.

Non era lui quello ferito.

Em.

Lui non era un sensitivo. Era solo un normale licantropo, qualunque cosa significasse. Ma era sicuro che Em fosse in pericolo e doveva raggiungerla.

Partì in volata tornando sui suoi passi verso la suite. Alcuni membri della troupe gli urlarono dietro, ma Andre li ignorò.

Schiacciò più volte il pulsante per chiamare l'ascensore, ma sembrava che ci volesse un'eternità. Imprecando, imboccò le scale di corsa salendo alla vecchia maniera. Giunto al quattordicesimo piano, non aveva nemmeno il fiatone. Irruppe nel corridoio pronto ad affrontare qualsiasi minaccia, ma non c'era niente fuori posto. Non c'era nessuno pronto ad attaccare.

Coprì in un attimo il resto del tragitto fino alla suite e rimase scioccato nel trovare Vi in piedi fuori dalla porta, con le mani che brillavano di magia mentre cercava di usare i suoi poteri per sbloccare la serratura.

Ad Andre tremavano le mani mentre tirava fuori la sua chiave magnetica e apriva la porta per lei. Non le chiese perché fosse lì. Forse si trattava di una premonizione magica. Forse era successo qualcosa mentre Em la chiamava per ripetere l'incantesimo di protezione.

Ma non era una cosa positiva. Andre capì che era successo qualcosa di grave.

Non appena la porta fu aperta, l'odore metallico del sangue assalì i suoi sensi. Trovò Em a terra in camera da letto, con una pozza di sangue scuro attorno a lei che impregnava di rosso il suo asciugamano bianco. Era mortalmente pallida e i suoi capelli biondi sembravano ormai ramati a causa del sangue tutt'intorno.

Respirava ancora, a fatica, e Andre le afferrò una mano non sapendo cos'altro potesse toccare. Era in punto di morte, ne era certo. E non percepiva nessun odore eccetto quello del suo sangue. Era una prova certa del fatto che era stata la bestia ad aggredirla.

Alzò lo sguardo verso Vi. "Puoi guarirla? Usare qualche incantesimo?" Non sapeva di che tipo di magia Vi fosse capace, ma era l'unica cosa che gli era venuta in mente per salvare Em.

Nessuna ambulanza sarebbe arrivata in tempo. Nessun ospedale era abbastanza vicino.

Vi aveva perso il colorito e la sua bocca si apriva e si chiudeva senza sosta come se non riuscisse a far uscire le parole. Sembrava che stesse per vomitare.

"Controllati," ordinò Andre con lo stesso tono che avrebbe usato con una nuova recluta. "Ha bisogno di te."

"Non posso," singhiozzò Vi. "Non sono una guaritrice. Io non..." Si accasciò sulle ginocchia. Ma non perse i sensi. Prese due profondi respiri per calmarsi, anche se non servivano a molto in una stanza così intensamente impregnata dell'odore del sangue.

Il lupo di Andre guaiva nella sua testa. Non poteva finire così. Non si sarebbe mai perdonato se lei fosse morta perché l'aveva lasciata sola, anche se per poco tempo.

"Tu puoi salvarla," disse Vi, allungandosi ad afferrargli un braccio. "Forse. Spero."

"Come?" Se lei avesse avuto intenzione di evocare un

demone proprio in quel momento per farlo patteggiare con lui, Andre lo avrebbe fatto in un attimo.

Ma non era quello il suggerimento di Vi. Sembrò aver ripreso un po' di compostezza. "Se la trasformi in un licantropo, le sue ferite guariranno. Posso accelerare il processo con la mia magia. È la nostra unica possibilità."

Avrebbe funzionato. Doveva funzionare. Ma appena prima della muta, Andre passò una mano sulla guancia di Em. Lei non poteva decidere. E lui non voleva che lei rimpiangesse quella scelta. "Em, Em. Svegliati."

Lei gemette, e quel suono gli spezzò il cuore. Ma lei aprì gli occhi. Erano ancora pieni di vita e di dolore.

"Posso aiutarti," disse Andre. "Ma dovrai diventare come me. Sei d'accordo?" Non sapeva cosa avrebbe fatto, come sarebbe sopravvissuto se lei avesse detto di no.

Em sbatté le palpebre due volte e perse di nuovo conoscenza.

Non era un no.

Lui non si concesse di pensare che non fosse nemmeno un sì.

Si spogliò rapidamente e si trasformò in lupo più velocemente di quanto avesse mai fatto in vita sua.

Sapeva che non avesse importanza dove l'avrebbe morsa. E non voleva causarle altro dolore. Così le fece stendere delicatamente un braccio e sentì le proprie zanne affondare nella carne.

Gli si rizzò il pelo quando Vi cominciò a eseguire la sua magia, ma Andre non si tirò indietro. Doveva funzionare.

Alla fine l'energia magica divenne troppo forte e lui indietreggiò, tornando alla forma umana senza un pensiero cosciente.

Fissò le ferite di Em, cercando un segno del fatto che stessero cominciando a chiudersi, che lei stesse guarendo.

Non poteva esserne certo. L'odore del sangue intorno a lui lo disorientava.

Poi Em spalancò improvvisamente gli occhi e urlò.

32
CAPITOLO TRENTADUE

IL DOLORE CHE DILANIAVA EM ERA DIVERSO DA QUALUNQUE cosa avesse mai sperimentato prima. Il suo sangue era in fiamme e avrebbe fatto qualsiasi cosa perché quel tormento avesse fine. A un tratto sentì nelle vene qualcosa di simile a una luce, che allontanò il fuoco.

Il sollievo non durò a lungo. Le ossa scricchiolarono e si deformarono e la sua mente si svuotò, incapace di gestire ciò che le stava accadendo.

Andò alla deriva. Potevano essere passati un minuto o un mese, ma alla fine sentì al suo fianco una presenza familiare.

Andre. Le passava le dita nella pelliccia accarezzandola, e lei lo sentì mormorare parole di incoraggiamento, anche se non riuscì a capire esattamente cosa stesse cercando di dirle.

Un attimo. Pelliccia?

Em cercò di alzarsi, ma quando provò a reggersi sulle

gambe scoprì di averne quattro invece di due e ricadde a terra con un breve latrato di frustrazione.

Pelliccia.

Latrato.

Cosa stava succedendo?

Provò a parlare, ma dalla sua gola uscì solo un mugolio. La stanza aveva un odore strano. No. Non strano. Solo più intenso. Più pungente di quello che era stata in grado di percepire quando era solo umana.

Perché ormai era palese che non lo fosse più.

Era un sogno? Un incubo? Sembrava più reale di qualsiasi altra cosa.

Riconobbe immediatamente l'odore di Andre, che riuscì a tranquillizzarla come nient'altro. Ce n'era anche un altro. Qualcosa di simile a fumo inframmezzato ad elettricità. Vi. La strega.

Andre continuava ad accarezzarla e la faceva sentire bene, ma le sue parole non avevano alcun significato per le orecchie di Em. Non sapeva se fosse una cosa da licantropi o se dipendesse da lei. Ma voleva tornare umana. Voleva sapere cosa le stesse dicendo.

Mise i muscoli in tensione e si sollevò sulle zampe posteriori, sforzandosi di pensare a un modo per invertire la muta.

Non funzionò granché.

Ma Andre la aiutò a rimettersi completamente in piedi, si mise vicinissimo a lei e questa volta le parole cominciarono ad acquistare un po' di senso.

"Concentrati su di te," le disse, con una voce che

sembrava provenire da molto lontano anche se il suono era quasi troppo forte per le sue orecchie estremamente sensibili. "Immagina te stessa. Visualizza nella mente la tua forma umana e falla uscire. Puoi riuscirci."

Era più facile a dirsi che a farsi mentre il suo odore inebriante la avvolgeva. Ed Em avrebbe avuto due parole da dirgli quando fosse tutto finito.

Ma lei conosceva il proprio aspetto. Sapeva chi era. E poteva evocare quelle immagini con il pensiero.

O almeno poteva farlo in teoria.

All'inizio pensò di riuscirci, ma poi qualcosa si incrinò dentro di lei e un'acuta fitta di dolore le fece perdere la concentrazione su ciò che stava cercando di fare.

Era così doloroso ogni volta? Avrebbe voluto chiederlo ad Andre. Ma non poteva farlo finché non avesse avuto di nuovo corde vocali umane. Tutto ciò che riusciva a produrre era un mugolio canino.

Ci provò di nuovo. Il primo scricchiolio delle ossa se lo aspettava, ma questo fu subito seguito dal rumore di qualcosa che si spezzava.

Se Em avesse potuto dire qualcosa avrebbe lanciato una sequela di maledizioni.

E quando Andre le parlò con voce incoraggiante lei fece il gesto di morderlo, perché in quel momento non voleva nessuna gentile rassicurazione. Voleva solo che finisse tutto.

Inspirò profondamente attraverso il suo muso da

lupo e si diede da fare, ignorando tutto il dolore. Era come fare le prove generali dopo ore e ore di allenamento, con i piedi quasi sanguinanti e i polmoni pronti a cedere per lo sforzo. Ma doveva portarle a termine, e stavolta doveva completare la muta.

Ci volle tempo. Non seppe mai quanto, ma alla fine si ritrovò nuda e umana, seduta in grembo ad Andre.

Non le importava che Vi fosse proprio lì a guardarla. Anzi, finì per essere una buona cosa visto che la strega un attimo più tardi le porse una morbida coperta in cui poté avvolgersi.

"Va tutto bene, stai bene." Andre aveva le braccia strette intorno a lei e continuava a ripetere quelle parole, più per se stesso che a beneficio di Em.

Lei era viva. Ma non era certa di stare bene.

"Cosa è successo?"

Le braccia di Andre la strinsero più forte. "La bestia ti ha attaccato. Quello che abbiamo fatto era l'unico modo per salvarti." Sembrava preoccupato, come se pensasse che lei lo avrebbe respinto per averla trasformata in un licantropo.

Em scoppiò in una risata inopportuna. Era come se fosse crollata una diga. Avrebbe dovuto arrabbiarsi con Andre per averle salvato la vita? Ci sarebbe voluto un po' di tempo per abituarsi alla nuova condizione di lupo mutaforma, quello era certo. Ma sua sorella lo aveva fatto come se niente fosse, ed Em non avrebbe lasciato che Stasia la mettesse in ombra. "Affronteremo la questione della licantropia più tardi," disse. "La bestia mi ha attaccato? Come?"

"La suite era rimasta senza protezione," rispose Vi, con una nota di biasimo nella voce. "Deve aver colto l'occasione."

Era colpa di Em. Avrebbe dovuto chiamare Vi subito dopo che Andre aveva lasciato la stanza. Ora che stava riprendendo lucidità, cominciava a ricordare tutto quello che era successo. "Quanto tempo è passato?" Allungò una mano e le sue dita finirono in qualcosa di appiccicoso. Il suo nuovo olfatto da licantropo capì esattamente di cosa si trattasse prima che lei ritraesse la mano per guardare il liquido rosso che la ricopriva.

Sangue.

Il suo sangue.

"Due ore," disse Andre. "Ti ha attaccato due ore fa. Ho detto a Melinda che hai un'intossicazione alimentare. Il concerto di stasera è stato cancellato."

Em si voltò di scatto a guardarlo. "Cosa? No! Devo andare." Cercò di divincolarsi dal suo abbraccio, ma anche quella piccola lotta lasciò le sue membra tremanti per la stanchezza. Sarebbe a malapena riuscita a reggersi in piedi. Tenere un concerto sarebbe stato impossibile.

"Sei quasi morta," sbottò Andre. E sembrò così vulnerabile che Em dovette abbracciarlo e restituirgli un po' del conforto che lui le aveva dato.

"Ma non lo sono. E forse hai ragione sul concerto. Per stasera."

Andre le baciò la guancia. E se Vi non fosse stata

presente, lei gli avrebbe mostrato esattamente quanto gli fosse grata per averle salvato la vita.

Em guardò la strega e strinse gli occhi di fronte alla sua espressione meditabonda. "A cosa stai pensando?"

Vi sorrise. "Ho un'idea su come fermare la bestia oscura."

33
CAPITOLO TRENTATRÉ

EM ERA PRONTA AD ATTACCARE LA BESTIA OSCURA ANCHE subito. Senza aspettare. Lanciandosi direttamente nel pericolo. Sfortunatamente Vi doveva ancora occuparsi dei necessari preparativi prima che potessero fare la loro mossa. Avrebbe lasciato Em e Andre soli nella suite con le protezioni alzate e la garanzia che la bestia oscura non potesse arrivare a loro.

Em guardò la pozza di sangue a terra e rabbrividì. Doveva esserle sfuggito un lamento.

"Lascia fare a me," disse Vi prima di allontanarsi per i suoi misteriosi preparativi. Mormorò qualcosa che Em non riuscì a capire e rivolse le sue mani dalla magica luminescenza verso quella pozza di sangue spaventosamente grande. Sulle prime non accadde nulla, ma poi la chiazza sembrò restringersi progressivamente finché non ne rimase più nulla.

Neanche una macchiolina, sul tappeto chiaro.

Era quasi più impressionante di qualunque magia stesse alimentando la bestia oscura. Em, almeno, poteva vedere l'utilità di una cosa del genere. Non c'erano paragoni con l'aspirapolvere.

"Voi due avrete problemi a restare soli?" chiese Vi con un'espressione preoccupata sul volto.

Em avrebbe probabilmente dovuto sentirsi esausta, ma il suo corpo vibrava di energia e aveva Andre al suo fianco. Non sarebbe stata affatto sola. Annuì. "Staremo bene."

Andre prese un profondo respiro e rimase in silenzio. Lei gli posò una mano sulla gamba, assicurandogli con il suo tocco che sarebbe andato tutto per il verso giusto.

O almeno lo sperava.

Vi li lasciò soli, e bastò un solo altro minuto perché la realtà le piombasse addosso.

"Merda." Era un licantropo. Era quasi morta. E se non fosse stato per Andre, sarebbe finita così. "Mi hai salvato la vita."

"È il mio lavoro." Strofinò la testa contro di lei, ed Em fu certa che lui non stesse facendo niente solo perché era il suo lavoro.

Ma non poteva più basarsi solo su supposizioni. "Perché sei qui?"

"Lo sai perché," rispose lui, come se fosse la cosa più ovvia del mondo. "Mi hai assunto."

Non era quella la spiegazione che voleva. Non era sufficiente. "Non è il momento di giocare, Andre."

Lui la strinse tra le braccia. "Non potrei andarmene

neanche se volessi. E non voglio. Tu sei la mia compagna."

Compagna. Quella parola aleggiava sul loro rapporto da più di una settimana, ormai. Em sapeva fin nel profondo delle ossa che quella era la verità. Non cambiava nulla tra loro. Tutto quello che lei provava proveniva dal profondo del suo cuore, e non aveva bisogno di altro per far funzionare le cose.

Si allungò a posare una mano sulla guancia di Andre, ma cercò immediatamente di ritrarsi quando si rese conto che gli stava sporcando il viso con il proprio sangue.

Lui avvicinò il viso e le afferrò la mano. "Non mi fa paura."

"Non ci serve un promemoria." Non voleva stargli accanto coperta del suo stesso sangue. Ora si sentiva bene, ma a malapena. E aveva bisogno che lui sapesse che si sarebbe sistemato tutto.

Si alzarono ed Em lo condusse in bagno, dove entrambi si spogliarono mentre lei faceva scorrere l'acqua nella doccia. Il box nel bagno principale della suite si sarebbe adattato a qualsiasi fantasia erotica, ma per i primi minuti, mentre stavano in piedi lasciando che il getto d'acqua lavasse via il sangue, qualsiasi pensiero su sesso ed erotismo era lontanissimo dalla mente di Em.

Poi cominciò a sentirsi pulita, e si intromisero pensieri sconci.

No. Non si intromisero.

Fu lei ad accoglierli.

Fece scorrere le mani insaponate sul corpo scolpito di Andre, percorrendo con le dita il profilo deciso dei suoi muscoli e provando gioia nel sentirlo fremere contro di lei. Se avesse guardato più in basso avrebbe visto il suo sesso gonfiarsi, e le venne l'acquolina in bocca al solo pensiero.

Si girò in modo che Andre si trovasse direttamente sotto il getto e lei un po' al di fuori, quando si mise in ginocchio sulle piastrelle. Il calore dell'acqua in qualche modo sembrava attutire la durezza del pavimento.

"Em..." Qualunque cosa lui stesse per dire gli si strozzò in gola quando lei passò la lingua su tutta la lunghezza del suo sesso. Lui gemette e si appoggiò al muro per non perdere l'equilibrio, mentre l'altra mano sembrò attratta magneticamente dalla testa di lei. Gliela posò sui capelli, senza forzarla a fare nulla ma senza nemmeno spingerla via. Lei voleva sentire le sue dita tenerla ferma mentre si abbandonava a lei, e nel leccarlo di nuovo seppe che lui ci si stava avvicinando.

Era già duro. E lei si sentiva potente in quella posizione, nel sentire il modo in cui il corpo di lui le rispondeva e godendo del sapore pulito e virile della sua pelle.

Lo prese in bocca e succhiò, e finalmente Andre le infilò le dita tra i capelli e la tenne stretta disperatamente. Se lei avesse potuto sorridere col sesso di lui in bocca, l'avrebbe fatto. Ma si concentrò sul restituirgli tutto il piacere che lui le aveva dato, e anche di più.

Non era una gara. Non esattamente.

Ma voleva ugualmente vincere.

Andre si spinse contro di lei, e se Em non se lo fosse aspettato si sarebbe sentita soffocare. Non poteva esattamente definirsi un'esperta nel sesso orale, ma se si trattava di Andre sarebbe diventata una fottuta professionista.

Fu allora che si ricordò di avere le mani e le usò per aiutarsi, avvolgendole dove non poteva arrivare con la bocca e stringendo dove lui ne aveva bisogno.

Lui la chiamò per nome con un rantolo che avrebbe potuto essere una preghiera.

Il corpo di Em era in fiamme per il desiderio, anche se non si era toccata affatto. Avrebbe voluto allungare una mano ad accarezzare il proprio sesso bagnato, ma temeva che le piastrelle bagnate l'avrebbero fatta scivolare e ricadere sul sedere.

Non sarebbe stata esattamente una scena sexy.

Succhiò con più energia ed era sicura di aver portato Andre al limite. I rauchi lamenti che gli uscivano di bocca si fecero ancora più disperati, così come il modo in cui si spingeva contro di lei.

Ma lui dimostrò molto più autocontrollo del dovuto, e si ritrasse con un sussulto quasi doloroso.

"Ora tocca a me."

34
CAPITOLO TRENTAQUATTRO

Andre era sul punto di venire, e se non avesse preso il controllo della situazione sarebbe tutto finito prima di cominciare. Se avessero avuto tutta la notte si sarebbe abbandonato al piacere, sapendo di avere il tempo per recuperare le energie e per portare la sua compagna alle più alte vette del desiderio, ancora e ancora.

Ma non avevano tutta la notte. Un piano stava prendendo forma e quelli erano momenti rubati prima che si trovassero di nuovo in una situazione di pericolo.

Fermò il getto della doccia e aiutò Em a rialzarsi.

Le sue labbra erano gonfie, e lui non riuscì a trattenersi dal baciarla. Perché avrebbe dovuto? Era tutto ciò che voleva al mondo.

La spinse contro la parete e premette tutto il proprio corpo contro il suo. Le loro labbra si muovevano insieme, e il corpo di lui spingeva sul suo ventre. Non erano abbastanza vicini. Ma quasi. E se lui non fosse stato attento, avrebbe rischiato di venire comunque.

Andre si staccò di nuovo. La temperatura nella stanza si stava abbassando in fretta nonostante il calore della doccia, e lui non voleva che la sua compagna tremasse di freddo. Non quando avrebbe dovuto tremare di piacere. Uscirono dalla lussuosa doccia e lui le passò un asciugamano, prendendone uno per sé. Ma lei era a malapena riuscita ad avvolgerselo addosso quando lui la sollevò e la portò al gigantesco letto che condividevano.

C'era ancora un debole sentore di sangue, nonostante la magia di Vi. Ma il profumo di pulito e di sapone stava cominciando a prevalere, insieme all'odore della sua compagna.

Andre ringhiò di piacere. Era così che doveva essere.

Adagiò Em sul letto e l'asciugamano si aprì, rivelandogli le sue forme nude.

Sì. Così.

Il suo corpo non era cambiato nel diventare un licantropo, e le ferite inflitte dalla bestia oscura ormai non avevano lasciato altro che cicatrici quasi invisibili. Andre si inginocchiò tra le sue gambe e passò le labbra su quelle cicatrici, cercando di cancellare il ricordo del dolore.

Non era abbastanza. Niente sarebbe mai stato abbastanza. Non era riuscito a tenerla al sicuro.

E come se avesse percepito la direzione dei suoi pensieri, la sua compagna gli passò le dita tra i capelli e lo attirò su di sé per poterlo baciare.

Baciarla era un piacere in sé. Lui avrebbe potuto perdersi nella sensazione delle loro labbra premute insieme e non desiderare più nient'altro che quella.

O almeno non finché non avesse pensato al suo sesso e alla sensazione del calore stretto di lei che lo avvolgeva.

"Sono la tua compagna," disse Em tra un bacio e l'altro.

Andre si limitò a gemere.

"Dimostramelo." Era un'esigenza.

Andre desiderò obbedire più di quanto volesse respirare. Ma qualcosa lo spinse comunque a chiedere. "Sei sicura?" In realtà non conoscevano le ripercussioni. Era tutto nuovo.

"Mordimi prima che io morda te," disse lei con occhi brillanti di magia ferina, e fu una minaccia e una promessa allo stesso tempo.

"Lo farò," rispose lui. Ma non ancora. Non prima che fossero completamente uniti.

Andre abbassò una mano e trovò il fulcro del sesso di Em già bagnato e pronto per lui. La preparò, affondando le dita dentro di lei mentre ascoltava i suoi gemiti.

E poi scivolò in lei, con la mente svuotata dal piacere mentre il suo stretto calore lo inghiottiva.

Era quello l'accoppiamento? Quel genere di unione, che in qualche modo sembrava più stretta e indissolubile di qualunque altra avesse sperimentato in vita sua?

Andre non lo sapeva. Ma era certo di cosa Em rappresentasse per lui. Qualsiasi cosa fosse accaduta, lei era la sua compagna così come lui era il suo compagno, e da lì non si poteva tornare indietro.

Cominciò a muoversi e lei si mosse insieme a lui, con le dita che lo stringevano forte, ormai abbastanza da lasciare dei lividi. Come licantropo la sua forza era aumentata, e lei avrebbe imparato a controllarla col tempo, ma lui sarebbe stato felice di portare i suoi segni ovunque lei avesse voluto lasciarli.

Andre sentiva i propri denti farsi più appuntiti. Non sapeva come funzionasse, né perché potesse evocare alcune cose quando era nella sua forma umana ma non in qualsiasi altra situazione.

Ora però non era il momento di porsi quel genere di domande.

Mentre si immergeva profondamente in lei e lei cominciava a vibrargli intorno, le affondò i denti nel collo e lasciò il suo marchio. Assaporò il suo sangue, ma solo per un attimo prima di staccarsi.

E mentre si ritraeva rimase scioccato nel sentire i denti di Em sfiorarlo, finché lei non restituì il favore mordendolo sul collo e lasciando a sua volta il proprio marchio.

Questo spinse Andre oltre il limite e lui si svuotò dentro di lei.

Crollarono insieme sul letto, spossati e segnati dal loro accoppiamento.

Andre riusciva a stento a mettere insieme due pensieri di senso compiuto, quindi rimase sorpreso quando Em parlò. "Pensi che il piano di Vi funzionerà?"

Lui non lo sapeva. Ma si rifiutò di lasciare che il dubbio guastasse l'atmosfera. "Deve funzionare. È l'unico modo perché io possa restare per sempre con te."

35
CAPITOLO TRENTACINQUE

"Funzionerà, te lo prometto," disse Vi con un genere di sicurezza in cui Em voleva credere.

Ma le tremavano le mani mentre stringeva le due fiale che Vi aveva preparato. Non riusciva ancora a rendersi conto pienamente di ciò che era successo. Pensava di aver già vissuto giorni movimentati. Non avevano niente a che fare con *quello*.

Avrebbe voluto passare le dita sulle cicatrici che aveva sulla gola e trarre conforto dal loro significato, ma le fiale che teneva in mano glielo impedivano. Non importava. Lei sapeva che comunque erano lì.

A reclamarla.

Come compagna.

Andre non era nel suo campo visivo ma lei poteva percepirlo, cogliere il suo odore, sentirlo nel cuore. Ci sarebbe voluto un po' di adattamento, ma in senso positivo. Em non sapeva come gestire un compagno, ma se si trattava di Andre era felice di scoprirlo. E lo sentiva accanto a lei.

"Perché non abbiamo potuto farlo prima?" chiese. La bestia la stava perseguitando da quasi due settimane. E Vi era pienamente a conoscenza del problema da più di una settimana. Ora aveva un piano. Ma Em era un po' confusa sulla tempistica. Il neonato lupo di Em si aggirava sottopelle, impaziente di entrare in azione.

Vi serrò le labbra, guardando per un momento un punto indefinito sopra la sua testa. Di qualunque cosa si trattasse, non ne voleva parlare.

"Sputa il rospo," le intimò Andre. Si era avvicinato alle sue spalle e il suo tono autoritario la fece rabbrividire. Ma per quello ci sarebbe stato tempo più tardi.

Vi emise un lunghissimo sospiro. "Non sono sicura che Em sarebbe sopravvissuta se fosse stata completamente umana."

Andre ringhiò e si lanciò verso Vi, pronto a balzarle addosso.

Ma la strega ricorse alla magia e l'aria si addensò intorno a lei. Andre ci si schiantò contro come se fosse stato un muro. Em si allungò a mettere una mano sulla sua schiena per aiutarlo a riprendere l'equilibrio.

"Spiega." Em non era arrabbiata, non ancora. Ma aveva la sensazione che Andre avesse bisogno di sentire quella spiegazione.

Vi fissò Andre per diversi secondi, con un'espressione di sfida sul viso. Sollevò un sopracciglio. Lui annuì. Lei ritirò l'incantesimo e lui rinunciò ad attaccare.

"Abbiamo visto cosa poteva farti la bestia. Finché non è diventata violenta nei tuoi confronti, pensavo avessimo tempo. Ma ora le cose si stanno aggravando velocemente. E a questo punto tu dovresti essere abbastanza forte da resistere all'incantesimo e a qualsiasi potenziale attacco."

"Pensavo avessi detto che non avrebbe più attaccato." Andre vibrava di energia rabbiosa.

"Ho detto che non *dovrebbe*. Mise molta enfasi sulla parola. "È tutto nuovo anche per me. Abbi fiducia. Un altro paio d'ore e sarà tutto finito."

Em aveva fiducia? Non ne era certa. Ma voleva assolutamente che finisse, e Vi era la loro unica opzione. "E sei sicura che là non ci sarà nessun altro?" Avevano preso tempo per studiare la disposizione interna dell'hotel e avevano individuato un punto in cui mettere all'angolo la bestia. Ma Em non voleva rischi per i civili.

Vi fece una smorfia. "Non posso arrischiarmi a usare la magia per tenere tutti lontani. Potrebbe mettere la bestia sull'avviso. Ma penso che il problema non si presenterà. Ho prenotato quello spazio con la scusa di riservarti un momento di meditazione in tranquillità. E ho detto al personale che non vuoi essere disturbata. È il meglio che possiamo fare."

"Perché non possiamo semplicemente attirarla di nuovo qui nella suite?" Lì l'aveva già attaccata. Ricordava la sensazione degli artigli che le laceravano la carne.

"Perché credo che la prima volta sia stata fortunata.

Ha visto un'opportunità e l'ha colta. E qui è molto più probabile che si imbatta in altre persone. Sono tutti in giro da quando il concerto è stato cancellato." L'espressione di Vi si addolcì. "Non dobbiamo per forza farlo oggi. Posso alzare le protezioni sulla suite come al solito e potremmo cercare un punto migliore. Magari all'esterno. Sta a te decidere."

Ma se non l'avessero fatto quel giorno il lupo avrebbe potuto attaccare ancora. E magari avrebbe cominciato ad aggredire anche altre persone, oltre ad Em. Andre era già stato ferito più volte e lei non voleva che gli facessero ancora del male. E se fosse andato tutto bene non avrebbero più dovuto preoccuparsi.

Per Em la decisione era presa. "Diamoci da fare."

Si infilò una pozione in tasca e serrò le dita intorno alla seconda fiala, facendo una smorfia quando ne colse l'odore.

Vi arricciò il naso per solidarietà. "Scusa. Non posso aggiungere aromi. La composizione chimica si altera."

Em lo buttò giù come fosse un bicchierino di superalcolico e sperò che l'inseguitore si facesse vedere. "Facciamo questa cosa."

Attraversò di corsa l'hotel fino al locale che Vi le aveva prenotato; la pozione non ci avrebbe messo molto a fare effetto. Era un po' defilato, una piccola sala da ballo che normalmente veniva usata per riunioni aziendali o incontri del genere. Al momento non c'erano tavoli e le luci erano basse. Sarebbe stato uno spazio adatto alla meditazione in tranquillità, in effetti. Ma non era per quello che Em si trovava lì.

Cominciò a percepire qualcosa, la pozione stava facendo effetto. Doveva renderla un faro per la bestia oscura, attirandola su di lei e allontanandola da chiunque ne avesse il controllo.

Em si sentì esposta. Andre e Vi erano vicini. Se si concentrava su Andre poteva quasi localizzarlo, grazie al loro legame di coppia. Ma doveva focalizzarsi sul richiamare a sé la bestia. Doveva avvicinarsi.

Non voleva che le facesse del male. Non voleva mai più provare un dolore simile.

Il cuore le batteva più velocemente ed era sicura che la bestia fosse vicina. Chi la stava controllando? Perché? Presto lo avrebbe scoperto. O almeno ci sperava.

Em prese un profondo respiro e vide il lupo entrare silenziosamente dalla porta.

Stavolta non si lanciò su di lei. Camminava con passi attenti, arrivando al centro della stanza e fermandosi a guardarla.

Sapeva che qualcosa non andava? Era capace di quel tipo di pensieri?

Forza. Forza. Doveva avvicinarsi di più. Vi le aveva dato precise istruzioni e lei non poteva fare nulla finché il lupo non fosse stato a portata di mano.

La seconda pozione era pesante nella sua tasca. Em la teneva stretta tra le dita. Non poteva ancora tirarla fuori. Non sapeva cosa avrebbe pensato il lupo e non voleva far capire di avere un asso nella manica.

La bestia mosse qualche altro passo verso di lei. Ma non era ancora abbastanza vicina.

Mancava poco. Em desiderò avanzare verso di lei. Ma non voleva che si spaventasse e fuggisse.

Un altro passo. Poi un altro. Poi un altro.

Era quasi arrivata.

Poi fece un ultimo passo e fu sufficientemente vicina.

Em tirò fuori velocemente la pozione dalla tasca e gettò a terra la fiala. Il vetro scoppiò e un pennacchio di fumo rosso fluttuò intorno a loro.

La bestia oscura ululò mentre la pozione la circondava.

L'ululato crebbe di volume e poi si interruppe bruscamente, facendole fischiare le orecchie.

Era finita. La bestia era sparita.

Ma il fumo c'era ancora. E una volta che la bestia fu scomparsa il fumo fluttuò in direzione di Em.

Vi non aveva fatto cenno a quella eventualità.

Em gesticolò come per allontanare il fumo di un falò, ma non servì a nulla.

E poi cominciò a respirarlo. Bruciava. Le facevano male i polmoni mentre inspirava, ma non poteva fare nulla per evitarlo. Lo inalò tutto, e quando non rimase più traccia di fumo rosso, Em crollò sul pavimento.

$$36$$

CAPITOLO TRENTASEI

Attraverso il loro legame di coppia Andre percepì il momento in cui qualcosa in Em mutava. Si precipitò insieme a Vi attraverso la porta della piccola sala da ballo e trovò Em che si stava rialzando, con le mani un po' tremanti e gli occhi che brillavano di un azzurro impossibile. "So dov'è." Li oltrepassò in fretta e proseguì lungo il corridoio.

Andre e Vi la seguirono. La bestia oscura non si vedeva da nessuna parte, ma c'era da aspettarselo. Se la magia di Vi aveva funzionato come previsto, sarebbe scomparsa.

Ma su Em che effetto aveva avuto?

In fondo alla mente di Andre si affacciò una preoccupazione, ma lui non aveva il tempo di pensarci. Una volta che fosse finito tutto e si fosse confrontato con la strega, avrebbe capito di cosa Em necessitasse e avrebbe provveduto.

Ma non ora. Non ancora.

I membri della troupe erano tutti in giro per l'hotel e qualcuno di loro doveva aver visto Em. Questo avrebbe smentito le spiegazioni che Andre e Vi avevano diffuso a proposito dell'intossicazione alimentare. Ma avrebbero rimandato all'indomani anche quell'ennesima questione.

Em si muoveva velocemente, in modo quasi disumano. E Andre e Vi dovettero correre per starle dietro.

Lei girò un altro angolo e si fermò davanti a una porta, agitando le mani davanti ad essa finché non si aprì come se fosse stata colpita da una violenta folata di vento.

Quella era una novità.

E non aveva niente a che fare con il fatto di essere un licantropo.

"Ecco!" Em indicò l'interno della stanza.

Vi entrò per prima. Avevano a che fare con una strega, quindi sarebbe stata una strega ad affrontare il problema. Ma non c'era un granché da affrontare.

Uno dei musicisti della band di Em era accasciato sul pavimento accanto a un tavolino con due candele e un pezzo di stoffa che Andre avrebbe scommesso cento dollari appartenesse a Em.

Lui guardò l'uomo per un momento. "Pensavo che le streghe fossero donne," disse.

Vi gli lanciò una strana occhiata e scosse leggermente la testa. "Non essere sessista."

Era sessista? Non gli importava. Andre archiviò nella

sua testa quell'informazione. Anche gli uomini potevano essere streghe. Sentiva il suo lupo agitarsi sottopelle chiedendogli di trasformarsi e di squarciare la gola di quell'uomo.

"Jerry?" Em fece due passi dentro la stanza ma restò a distanza di sicurezza dal musicista. "Sembrava così gentile."

"A quanto pare era ossessionato da te." Vi raccolse un piccolo diario che era caduto a terra e iniziò a sfogliarlo. C'erano ritagli di giornale con articoli su Em e foto prese da riviste. C'erano disegni, appunti e moltissimi altri indizi che mostravano fino a che punto Jerry fosse in preda a una sorta di delirio.

Il lupo di Andre ringhiò e lui dovette contrarre ogni singolo muscolo del suo corpo per impedire la muta. L'uomo era privo di conoscenza. Era fuori combattimento. E Andre non aveva intenzione di aggredire qualcuno che era già a terra.

"Cosa facciamo con lui?" Non potevano certo chiamare la polizia. Il diario era sconcertante, ma non illegale. E ovviamente non potevano spiegare che Jerry aveva usato la magia per evocare una bestia oscura al fine di aggredire Em.

Ma Vi era già inginocchiata accanto al corpo esanime, con le mani che emettevano luce mentre le agitava sopra di lui. "Le streghe hanno i loro metodi per affrontare quelle che abusano dei loro poteri," disse. "Farò venire qualcuno a occuparsi di lui." Si rivolse a Em. "Non ti darà più problemi."

Em chiuse gli occhi e annuì, con le spalle un po' curve come se tutta la tensione avesse finalmente lasciato il suo corpo.

Andre le si avvicinò per sostenerla se fosse stata sul punto di cadere. Non poté trattenersi dal toccarla e le passò un braccio intorno alle spalle. La sua pelle formicolava nei punti di contatto. Non era mai successo prima, e non pensava che avesse nulla a che fare con il legame di coppia.

"Hai usato la magia," disse, e non stava parlando con Vi. "Ti ho visto aprire la porta." La cosa lo spaventava un po', ma non aveva paura di Em. Aveva paura per lei. Sapeva quanto fosse sconcertante subire una trasformazione come quella che era stata imposta a lui, e non voleva che lei soffrisse.

Em scosse lentamente la testa da una parte all'altra, ma non disse nulla. Sembrava esausta e Andre desiderò riportarla nella loro suite e sorvegliarla mentre dormiva.

"Sei stata tu a farglielo?" Il tono risultò più duro del previsto, ma Em ne aveva passate abbastanza e Andre avrebbe fatto tutto il necessario per proteggerla.

"Farle cosa?" lo sfidò Vi, con le sopracciglia sollevate e le dita stese, come se fosse pronta a difendersi da un attacco con la sua magia. "Le ho dato dei poteri? L'ho trasformata in una strega? No." Si rivolse a Em. "Che cosa è successo?"

Em prese alcuni profondi respiri. "Possiamo parlare in un'altra stanza? Io... Guardarlo... È solo..." Non riuscì a trovare le parole.

Andre la accompagnò fuori dalla stanza in silenzio, e Vi uscì un attimo più tardi, lanciando un altro incantesimo per assicurarsi che Jerry non potesse liberarsi.

"Salite in camera vostra," disse loro Vi. "Io devo fare una telefonata e poi vi raggiungo. Vedremo di risolvere il resto della faccenda." Gli sembrava di sottrarsi al suo dovere affidando a Vi il compito di occuparsi di Jerry. Ma la strega finora si era dimostrata del tutto affidabile, ed era Em quella ad avere maggiore bisogno di lui. Comunque lui non avrebbe saputo chi chiamare. Per quel che ne sapeva, Gibson non gestiva una prigione segreta per creature magiche.

"Ti farò mandare un messaggio quando sarà in custodia. Faranno una foto e tutto il resto," propose Vi, visto che Andre esitava.

Era una soluzione accettabile. Andre annuì e condusse Em alla suite. Lei si sedette sul divano senza guardare verso la camera da letto. Andre non percepiva alcuna tensione in lei dovuta al ricordo di ciò che era successo, ma le restò accanto per sicurezza.

Si rilassarono entrambi, e il sollievo per il fatto che la sua compagna potesse essere finalmente al sicuro gli fece sentire tutta la stanchezza.

Passarono circa quindici minuti prima che Vi li raggiungesse. Il telefono di Andre vibrò, e lui ricevette una foto di Jerry legato con catene molto spesse, seduto in quello che sembrava il retro di un furgone per la consegna di torte.

Le streghe avevano prigioni segrete? Andre non lo sapeva, e al momento nemmeno gli importava.

Lui ed Em non si erano scambiati una parola da quando erano rientrati. Si erano solo seduti sul divano e lui l'aveva abbracciata mentre lei cercava di controllare il respiro.

Quando Vi li raggiunse, entrò e prese posto al tavolo dell'angolo cottura.

"Cos'è successo?" chiese, senza perdere tempo in convenevoli.

E questa volta Em era più pronta a parlare. "Ho lanciato la seconda fiala quando la bestia era sufficientemente vicina. Si è diffuso un sacco di fumo rosso che sembrava dissolverla. Io ho inalato tutto il fumo. Non volevo. Ma non riuscivo ad allontanarmi. Cosa mi ha fatto?" chiese a Vi con occhi imploranti, in cerca di risposte.

Vi annuì lentamente, seria in viso. "Mi dispiace di non averti parlato di questa eventualità. Quella pozione era attratta dalla magia. Per questo ha voluto che tu la inalassi. Potrebbe essere stata abbastanza forte da risvegliare in te qualche tipo di potere latente. Ma potrebbe anche sparire tutto in un paio di settimane. Devi solo fare attenzione. Non cercare di far esplodere qualcuno con la forza del pensiero.

Andre era troppo stanco per arrabbiarsi all'idea che Vi avesse tenuto nascosta quella possibilità. Comunque dubitava che sarebbe cambiato qualcosa, e ormai stava imparando che la strega dava informazioni solo a pezzi e bocconi.

"Potrei riuscirci?" Em sembrava allo stesso tempo elettrizzata e terrorizzata da quella prospettiva.

A quella domanda l'espressione severa di Vi si addolcì, e anche Andre sorrise. "Avrei un paio di idee," disse lui.

"Astenetevi, per favore," lo interruppe Vi prima che potessero iniziare a escogitare chissà cosa. "Vi indicherò un paio di siti da consultare. Ma se le cose non tornano alla normalità entro due settimane, chiamatemi. Forse a quel punto dovremo cercare una soluzione."

"Potrei essere sia un licantropo che una strega?" chiese Em. "Oh, mio Dio. Cos'è diventata la mia vita?"

Andre la strinse di più a sé. Non sapeva se lei fosse sul punto di ridere o di piangere. Diamine, anche lui era piuttosto scioccato. Era una cosa fottutamente assurda.

Ma Vi non sembrava trovarlo strano. "Non vedo perché no. I poteri magici di entrambi non sono affatto incompatibili."

"Cosa sai dei licantropi?" le chiese finalmente Andre. Ora che erano al sicuro, doveva sapere. Il suo *branco* doveva sapere. E Vi poteva essere la loro unica fonte.

Ma lei gli lanciò un'occhiata sprezzante e rispose in modo deludente. "Più di te, ovviamente. Ma faremo questa conversazione un'altra volta. Ne parleremo."

Poi Vi si alzò e li lasciò soli.

C'era molto altro da scoprire. Ma Andre si sentiva più

vicino alla verità di quanto non si fosse sentito per più di due anni. Per il momento, avrebbe aspettato.

Aveva la sua compagna accanto a sé ed era ora di convincerla che tutto sarebbe andato bene.

37
CAPITOLO TRENTASETTE

EM FINÌ PER CROLLARE POCO DOPO CHE VI AVEVA LASCIATO SOLI lei e Andre. Riuscì per miracolo a dormire tutta la notte. La mattina seguente si svegliò e per un secondo pensò che tutto quello che era successo non fosse stato altro che un sogno. Un sogno veramente strano, terribile ma a tratti meraviglioso. Andre non era accanto a lei. Non udiva nessun rumore e non sentiva il suo odore.

Poi sentì qualcosa sferragliare nel cucinotto e il nodo nel suo petto si sciolse. Andre era lì. Era realmente accaduto tutto. Era tutto vero.

Lei era un lupo mutaforma.

E forse una strega.

E la bestia oscura era scomparsa.

Em sprofondò di nuovo tra le lenzuola e cercò di respirare con calma. Sarebbe andato tutto bene. Doveva andare tutto bene.

Prima che riuscisse ad alzarsi la porta si aprì e Andre

entrò con un vassoio pieno di pietanze dal profumo delizioso. Quell'uomo era un dono del cielo.

Posò il vassoio sul letto accanto a lei. "Ho pensato che saresti stata affamata," disse, chinandosi per darle il bacio del buongiorno.

"Potrei abituarmi a tutto questo." Em lo disse senza pensare. Ma ne avrebbe avuto il tempo?

Allungò una mano per passare le dita sulla cicatrice che si era formata sui segni del morso di accoppiamento. Era la testimonianza di tutto ciò che lei e Andre avrebbero potuto essere insieme. Ma lei aveva un tour da portare avanti. E lui aveva la sua vita a New York.

Che rilevanza poteva avere una relazione appena nata di fronte a quegli ostacoli, anche se il destino aveva contribuito a darle vita?

Lei non poteva lasciare il tour. Non poteva lasciare la sua vita. E non poteva aspettarsi che lo facesse lui.

Andre si sistemò sul letto al suo fianco. "A cosa è dovuta l'espressione che hai in viso?" le chiese dolcemente.

Em si allungò a prendere una fetta di pane tostato e cominciò a mordicchiarlo per avere una scusa sul non poter rispondere. Ma non funzionò a lungo. Prese in considerazione di mangiare qualcos'altro, ma sarebbe diventato ovvio cosa stesse facendo. Aveva fame, ma non così tanta. "E adesso cosa succede?"

Andre sospirò forzatamente. "Non lo so," ammise con quel tipo di accorata sincerità che lei avrebbe preferito non avesse, per il momento. Avrebbe accettato di buon grado una confortante bugia.

Andre si piegò verso di lei, le accarezzò una guancia e la baciò dolcemente. "Ci vorrà un po' di tempo per capirlo. Ma non ho intenzione di lasciarti sola." Le restò vicino mentre parlava, seduto sul letto accanto a lei e facendo attenzione a non rovesciare il vassoio della colazione.

E l'ultima tensione la abbandonò. "E il tuo lavoro?"

"Troveremo una soluzione." La baciò di nuovo. "Sono stato trasformato in un licantropo insieme al resto del branco, ma non significa che io debba anche continuare a lavorare con loro per sempre. Resteremo un branco comunque. E ora ne fai parte anche tu. Magari taglierò le mie ore di lavoro. Magari accetterò incarichi solo quando tu non sarai in tour. Forse noi due insieme troveremo un'altra soluzione. Ma non ho intenzione di lasciar perdere. Non ti lascerò andare."

"Ti amo." Le uscì di getto. Più in fretta di quanto le fosse mai successo in passato. Ma tutta la situazione era diversa da qualsiasi cosa avesse vissuto in precedenza. Andre era fatto per lei. Portava il segno del suo morso a dimostrarlo.

A quel punto fu lui a sorridere. "Mi uccideresti se ora ti dicessi che lo so, vero?" chiese, mentre il suo sorriso si allargava ancora.

"Provaci," rispose lei, ma stava ridendo.

"Ti amo," disse invece lui, e le coprì le labbra con le sue.

Em si spostò, facendo scivolare una gamba su di lui per trovare una posizione migliore, e per poco i piatti non si rovesciarono sulle lenzuola. Si immobilizzò, per metà in grembo ad Andre mentre valutava la sua mossa successiva.

Lui le facilitò la decisione quando si allungò intorno a lei per afferrare il vassoio e per spostarlo in bilico sul comodino. Non ci sarebbe voluto molto per farlo cadere a terra, ma Em scoprì che non le importava. Non se la cosa comportava il poter continuare a baciare il suo compagno.

Lei non aveva molti abiti addosso. Era riuscita a infilarsi una maglietta logora prima di crollare a letto la sera prima, ma niente di più. Andre, invece, per qualche strana ragione sembrava essere già pronto per affrontare la giornata.

Avrebbe risolto lei quel problema. Gli tirò su la maglietta sfilandogliela dalla testa e la lanciò dall'altra parte della stanza, lasciando esposto il suo petto nudo. Molto, molto meglio.

"Niente più vestiti per te," disse, tempestandolo di baci lungo la clavicola e lasciando scorrere le dita sulla sua pelle nuda.

Andre si lasciò sfuggire una risata gutturale. "La regola vale per entrambi?" chiese senza aspettare risposta, e le tolse la maglietta lasciandola nuda.

Insieme a un'altra persona avrebbe potuto sentirsi esposta, ma mai con Andre. I suoi occhi su di lei erano una benedizione a cui non avrebbe mai voluto rinunciare. Ma non riuscì a resistere alla tentazione di provocarlo. "Qui le regole le faccio io, amico. Tu sei la mia guardia del corpo, devi fare quello che dico io."

Non era sicura di come lui avrebbe reagito e non si era aspettata che lui invertisse le posizioni, così si ritrovò sdraiata sulla schiena con Andre sopra di lei. Le sfuggì un gridolino e non riuscì a smettere di sorridere. Ecco che cos'erano la felicità e il sollievo.

Non lo avrebbe mai lasciato andare.

Lui finì di spogliarsi ed Em scoprì che la nuova posizione non le dispiaceva affatto.

Quell'uomo era il suo compagno. Quello che all'inizio le era sembrato impossibile ora era una realtà su cui poteva contare con una sicurezza che non avrebbe mai pensato di raggiungere. La sua carriera era troppo caotica per poter portare avanti una relazione, si era detta tante volte. L'aggiunta di magia, licantropi e tutto il resto avrebbe dovuto rendere tutto ancora più difficile.

Ma Andre era rimasto accanto a lei in tutto questo. E lei non avrebbe potuto chiedere di più.

Sembrò che gli occhi di lui oscillassero tra l'azzurro umano e il giallo ferino mentre il suo lupo saliva in superficie. Il lupo di Em sembrava soddisfatto nella sua pelle, felice di restare in disparte lasciando che lei prendesse il controllo. Em piegò un dito, invitando il suo compagno a farsi avanti.

Andre era nudo ed eccitato e mentre lei lo studiava il suo stesso corpo si accese della consapevolezza che lui fosse tutto suo.

Mentre lui incombeva su di lei, si baciarono di nuovo. Em adorava baciarlo. Lui prendeva il controllo in un modo che la faceva sentire amata, e che non le bastava mai. Sembrava comprendere le reazioni del suo corpo come nessuno aveva mai fatto in precedenza, e lei non sapeva se questo derivasse dal loro legame o se fosse un qualche tipo di talento particolare che era proprio di Andre.

In quel momento non le importava, purché lui continuasse a baciarla.

Ma lei voleva di più di semplici baci. Voleva tutto. Le sue labbra. Il suo sesso. Il suo cuore.

Un'intera vita insieme.

E cominciava a credere di poter essere sua.

Si spostò di lato e spinse Andre facendolo rotolare al suo fianco, un po' scioccata dall'esplosione di una forza che non si aspettava di avere. "Scusa," mormorò contro le sue labbra, baciandolo ancora. "Poteri inattesi da licantropo."

Andre sorrise e la baciò più profondamente mentre lei si sdraiava su di lui. Em sentiva il suo sesso stuzzicarla, e in quella posizione aveva il controllo. Non che si sentisse completamente padrona del suo corpo quando era il desiderio a guidarla in quel modo. Era come se fosse posseduta dal bisogno di provare piacere e non riuscisse a liberarsi dalla sua morsa.

Ma perché avrebbe dovuto volerlo?

Si spostò in modo che il sesso di lui spingesse al suo ingresso, e mentre si abbassava accogliendolo i loro sguardi si allacciarono. E quando cominciò a muoversi, il battito accelerò e lei fu certa che i suoi stessi occhi stessero assumendo il colore di quelli del suo lupo, qualunque fosse, mentre in lei prendeva il sopravvento qualcosa di selvaggio.

Andre le prese una mano e intrecciò le dita con quelle di Em come ulteriore prova dell'innegabile connessione che legava il corpo e il cuore di lei ai suoi. Il suo sesso era incredibilmente duro dentro di lei, ma Em voleva ancora di più. Accelerò e il suo compagno si mosse con lei mentre i loro corpi si congiungevano in una dimensione dove il tempo non esisteva e il piacere dilagava tra i loro corpi tesi.

Arrivò al culmine in fretta ed Em cedette al piacere che l'attraversava venendo in un tremito intorno al suo compagno. Un momento più tardi lui la raggiunse, gridando il suo nome mentre raggiungeva l'orgasmo con un'ultima spinta.

Sazia e spossata, Em crollò accanto a lui e gli si accoccolò contro. Le dolci parole importanti erano già state dette, e il suo corpo era troppo appagato per fare molto altro.

E poi il suo stomaco brontolò.

La cosa scatenò una risata in entrambi.

"Forse è ora di fare colazione," ammise lei, allungandosi a prendere il vassoio che chissà come era riuscito a rimanere in bilico sul comodino.

38
CAPITOLO TRENTOTTO

Dopo un'altra settimana e mezza di tour, Andre ed Em erano riusciti a ritagliarsi una pausa di tre giorni, e per la prima volta tornarono in visita al branco. Gibson li aveva richiamati tutti alla fattoria in Pennsylvania, e la casa cominciava a essere piuttosto affollata.

"Quanto tempo pensi che ci vorrà prima che cominci a costruire un secondo cottage?" chiese Owen. Lui e Stasia erano arrivati solo qualche minuto dopo Andre ed Em. Le sorelle si erano subito allontanate per aggiornarsi a vicenda, lasciando soli lui e l'amico.

"Pensi che sarebbe un cottage? Saremmo già abbastanza fortunati se costruisse una caserma." Andre rabbrividì. Non era certo una cosa che gli mancasse, della vita militare.

Owen gli diede uno spintone scherzoso mentre entravano in casa. "Sapevi che Andre è capace di sorridere?" chiese Vega a Erin Jackson mentre lui e Owen si sistemavano.

Andre gli lanciò un'occhiataccia. Il ragazzo non aveva ancora rimediato per ciò che aveva fatto a Stasia qualche mese prima, e a giudicare dal sorriso che si era spento sul viso di Owen, neanche lui se n'era ancora dimenticato.

Vega alzò le mani. "Scusa. Mi dispiace." Arretrò di qualche passo, come se si aspettasse di essere aggredito da Andre.

Lui dovette trattenere un sorriso. Era bello sapere che poteva ancora mettere in soggezione i più giovani.

Ma prima che potesse abbandonarsi ai festeggiamenti, Gibson lo richiamò nel suo ufficio insieme a Rowe.

Rowe poteva non essere stato sul posto ad affrontare la bestia oscura, ma era stato la riserva di Andre e da lui era stato aggiornato fin dall'inizio. E ora che Andre era preoccupato per il futuro di Em, era Rowe che si sarebbe accollato la maggior parte degli incarichi.

I due presero posto sulle sedie degli ospiti di fronte a Gibson, e il maggiore ignorò la sua postazione sedendosi sul bordo della scrivania. "Avete avuto altri problemi da quando la strega vi ha aiutato?" Era riuscito a fare quella domanda restando impassibile, e se si fosse trattato di qualcun altro Andre avrebbe potuto congratularsi con lui per quel risultato.

Ma non aveva tendenze suicide.

"Nessun problema," confermò. Forse avrebbe dovuto

informare Gibson e Rowe dei fumi magici che Em aveva inalato. Nessuno di loro sapeva esattamente che conseguenze avrebbe avuto la cosa, ma non spettava a lui rivelare quel segreto. E sarebbe stato leale nei confronti della sua compagna. Se avesse voluto, avrebbe potuto parlarne lei stessa.

"Streghe..." disse Rowe scuotendo la testa.

"È davvero così difficile credere nella loro esistenza?" chiese Gibson. "Dopo tutto è stata la magia a renderci ciò che siamo."

Quella famosa notte non era una di quelle che Andre amasse riportare alla memoria. Era tutto annebbiato, ma lui ricordava bene il fumo, la cantilena e il dolore.

E poi la confusione. Che non aveva fatto che aumentare, quando lui e gli altri erano stati sostanzialmente cacciati dall'esercito con quella che appariva come una mazzetta estremamente sostanziosa per comprare il loro silenzio.

All'inizio Andre aveva pensato che stessero cercando di evitare un incidente internazionale. Ma alcune settimane più tardi, quando tutti si erano trasformati in licantropi, si era chiesto se il governo sapesse cosa stava per succedere.

"A essere sincero non so cosa pensare," ammise Rowe tamburellando le dita tra loro. "Quello era uno stregone pazzo, di sicuro. Ma streghe che appaiono come persone normali? Come impiegati? È strano."

"Cosa c'entrano gli impiegati?" Andre non riusciva a vedere il nesso.

Rowe alzò gli occhi al cielo. "Niente. Sto solo dicendo che in sostanza gli impiegati sono persone normali e che potrebbero essere chiunque. E a quanto pare anche le streghe." Il discorso sembrava avere un senso, nella sua mente.

Andre si limitò a fissarlo.

E anche Gibson.

Rowe si incurvò sulla sedia, non riuscendo a farsi capire.

"La strega non ti ha più contattato?" chiese Gibson.

"Non ancora," rispose Andre. "Ma ha chiesto di concederle un paio di settimane." Avevano bisogno delle conoscenze di Vi, e Andre non sapeva come l'avrebbe presa Gibson se lei non le avesse condivise di sua spontanea volontà.

"Voglio che te ne occupi tu, Rowe. Questa è una pista vera e propria. Forse lei non potrà darci informazioni su chi ci ha trasformato e perché. Ma magari può aiutarci a scoprire *cosa* siamo. Dobbiamo sapere qualcosa di più sulle streghe. Sono amici? Nemici? Quali altri tipi di creature mitologiche esistono? E dobbiamo essere discreti. Potrebbero non voler condividere le informazioni."

Vi era stata disponibile a dire a lui e ad Em tutto quello che volevano sapere, ma aveva tenuto molto per sé. In fin dei conti erano stati molto più preoccupati per la bestia oscura che per qualsiasi altra cosa. Ma a ben pensarci Vi non gli aveva detto granché al di fuori di quell'argomento.

Forse stava nascondendo qualcosa. E lui era stato troppo concentrato sul tenere Em al sicuro, per accorgersene.

Ma non poteva esserne pentito. Lei ormai era al sicuro. Ed era sua.

Cosa poteva volere di più?

39
CAPITOLO TRENTANOVE

S TASIA CONDUSSE E M A UNA PICCOLA RADURA AI MARGINI DEL bosco circostante, che doveva essere stata usata dal branco. C'erano delle sedie disposte intorno alla cenere di un falò, ed Em poteva solo immaginare quanto sarebbe stato divertente arrostire i marshmallow con la cioccolata in una notte fresca. Ma in quel momento il sole brillava alto sulle loro teste, e lei e sua sorella non erano lì per fare uno spuntino.

Anche se a Em non sarebbe dispiaciuto. Il viaggio in auto verso la fattoria era stato lungo, e lei aveva scoperto che il suo metabolismo da lupo le richiedeva di mangiare molto di più. Beh, pazienza. Poteva sopportare un po' di disagio.

"Papà sta parlando con gli avvocati divorzisti," disse Stasia mentre prendevano posto sulle sedie. "Giuro che AR si è messo a ballare quando l'ha saputo." AR era il loro fratello maggiore, e il braccio destro del padre.

Em provò una certa soddisfazione, alla notizia. "Le sta bene, alla ladra di nomi," brontolò. La moglie del loro padre, Riley, era tecnicamente la loro matrigna. Era anche di quattro anni più giovane di Em. Quando aveva dato alla luce il decimo figlio del loro padre, che era una femmina, in qualche modo era riuscita a dare alla sorella neonata di Em il suo stesso nome: Emerald Selby. E quando lei gliel'aveva fatto notare si era rifiutata di cambiare il nome alla bambina.

Che indecenza.

"Riuscirai mai a superare questa cosa?" chiese Stasia con un sorriso. Em sapeva che sua sorella trovava divertente il suo malcontento.

Non le importava, era una questione di principio. "È davvero una pretesa esagerata chiedere che nessuna delle mie sorelle abbia il mio stesso nome? Che una donna che abbia sposato papà *conosca* tutti i nostri nomi? Non credo proprio."

Stasia gettò indietro la testa e scoppiò a ridere.

Dopo un momento anche Em si unì alla risata. "D'accordo. Forse non è una cosa così importante se paragonata a... tutto questo." Licantropi. Magia. Accoppiamento. Che importanza poteva avere una matrigna ladra di nomi in confronto a tutto ciò? Soprattutto se presto sarebbe stata una ex matrigna. "Scommetto che rimarrà fregata dall'accordo prematrimoniale."

"Non ti dispiace affatto per lei?" Stasia sembrava davvero preoccupata.

Era una cosa carina. Em scrollò le spalle. "Doveva

sapere a cosa andava incontro." Andava spesso a finire così quando una donna sposava un uomo di quasi cinquant'anni più vecchio di lei.

Stasia non sembrava convinta. "Papà è... papà. Se non lo conoscessi bene, direi che è in grado di lanciare incantesimi sulle persone. Ma probabilmente non avrebbe così tante ex mogli se fosse vero."

Em non voleva nemmeno pensarci. "Non ce lo vedo papà, in veste di mago o di stregone." Lo immaginò vestito con una ridicola tunica e un cappello a punta. Rabbrividì. "Altre novità sulla famiglia?" chiese, cercando disperatamente di cambiare argomento. Sebbene anche altri aggiornamenti sulla famiglia Selby potessero essere, a tutti gli effetti, terrificanti.

Stasia scosse la testa. "Ne sono rimasta fuori il più possibile. Solo le solite sciocchezze."

Em sapeva esattamente cosa intendesse. Il loro padre era il terzo uomo più ricco di New York. Ciò dava origine a una serie infinita di stronzate, e Stasia aveva sempre dedicato la maggior parte della sua vita a cercare di restarne fuori. Em non poteva biasimarla. Era una delle ragioni per cui amava così tanto partire per i tour intorno al mondo. Era la scusa perfetta per restare lontano da casa.

"Parlando di cose serie..." Em stese le mani davanti a sé.

"Oddio, sei incinta." Stasia aveva gli occhi spalancati ed Em immaginò la sorella con un bambino in braccio.

"Cosa? No!" Em si mise una mano sul ventre come se

lo stesse difendendo da un invasore. Fu contenta che Andre non fosse lì e non avesse sentito quell'ipotesi, se non altro perché così non aveva potuto ascoltare la sua risposta inorridita. "Le cose tra me e Andre sono ancora una novità. Non abbiamo parlato di bambini. Eventualmente lo faremo più avanti. Molto più avanti." Lei voleva dei figli. Prima o poi.

Soprattutto poi.

Di certo non a meno di due mesi dall'inizio della loro relazione e della sua licantropia.

"D'accordo, allora quali cose serie?" Stasia si afflosciò, chiaramente poco entusiasta di qualunque cosa la sorella stesse per dire.

E questa per Em fu una cosa sospetta. "Non sei tu ad essere incinta, vero?" Ormai aveva in mente i bambini.

Stasia spalancò di nuovo gli occhi e scosse la testa, non sbalordita come lo era stata Em, ma chiaramente non ancora pronta a prendere la cosa in considerazione. "No. Accordiamoci per non parlarne per almeno un anno. O un decennio."

"Non volete dei figli?" Lei e sua sorella non avevano mai affrontato la questione prima di quel momento. Nessuna delle due aveva mai avuto una relazione abbastanza seria da pensarci davvero. E ora Em era insieme all'uomo della sua vita ed era pazzesco pensare a come le cose potessero andare tutte al loro posto in quel modo.

"Vogliamo prima saperne di più sui licantropi," disse Stasia con molto buon senso. "I nostri figli lo saranno?

Dovremo morderli se vogliamo che lo diventino? Lo vogliamo davvero? Ci sono troppi interrogativi. Una cosa alla volta."

E questo Em poteva capirlo.

Stese di nuovo le mani. "Ho imparato un paio di trucchi." Dovette chiudere gli occhi e concentrarsi intensamente, ma riuscì a percepire l'energia che vorticava intorno a loro e la richiamò alle dita. Si accesero come i fuochi d'artificio del Quattro luglio e lei le agitò davanti a sé.

"Cosa?" Stasia rimase a bocca spalancata per lo shock.

"Quando si è dissolta potrei aver accidentalmente inalato la bestia oscura che mi perseguitava, e ora ho dei poteri magici. Forse." A dispetto di quante volte avesse ripetuto quella storia, non sembrava meno assurda.

Stasia sbatté le palpebre, interdetta. "Cosa?" ripeté.

Em avrebbe voluto avere un altro trucco da mostrarle, ma tutto ciò che era riuscita a fare fino a quel momento era sprigionare scintille dalle dita. Sembrava divertente, ma non era granché utile. Andre era stato disposto a farle da cavia per verificare se potessero far male realmente, ma aveva detto di aver sentito solo un po' di solletico quando lei l'aveva toccato. Non era esattamente un'arma.

"Tra non molto chiamerò Vi, la strega che ci ha aiutato. Ha detto che i poteri avrebbero potuto dissiparsi, ma finora non è cambiato nulla. Non so se io abbia abbastanza potere per essere una strega o se imparerò qualche altro bel trucco. Ma a quanto pare per ora le cose stanno così." Non sapeva quando avrebbe avuto il tempo di indagare quei nuovi poteri. Il tour durava ancora mesi e presto avrebbe dovuto fare sedute in studio per registrare un nuovo album. La sua vita era piena di impegni, di altri impegni, e ancora impegni, e stronzate da licantropo. E a quanto pareva avrebbe dovuto aggiungere anche le stronzate da strega.

"Forse dovremmo aspettare ancora due anni per poter parlare di bambini," riuscì a dire Stasia alla fine.

Em si mise a ridere. Due anni erano un sacco di tempo. Forse avrebbero potuto rinegoziare, a quel punto. "Affare fatto."

40
CAPITOLO QUARANTA

IL SOLE ERA TRAMONTATO E ANDRE ED EM ERANO FINALMENTE soli. Il resto del branco si era già disperso in corsa nei boschi, ma quella serata era solo per loro due. Lui, la sua compagna, e chilometri e chilometri di terreni sicuri sui quali correre. Si erano già trasformati, negli ultimi giorni. Ma dato che il tour li portava a spostarsi unicamente da una città all'altra, non c'era molto spazio dove poter veramente correre.

I parchi cittadini potevano essere grandi, ma erano anche pieni di umani che non sapevano dell'esistenza dei licantropi e sarebbero rimasti terrorizzati nell'avvistarne uno.

"Sei pronta?" chiese Andre mentre si toglieva l'accappatoio e lo posava a terra ordinatamente piegato.

Em lo indossava ancora; ci si era avvolta strettamente. Lui sapeva che non era davvero pudore il motivo per cui si teneva coperta. E si chiese se improvvisamente avesse paura. Ma poi lei sorrise e lo lasciò cadere a terra.

La sua pelle nuda brillava alla luce della luna, e l'Andre umano e L'Andre lupo lottarono per il predominio e per raggiungere il loro obiettivo. Volevano reclamare di nuovo la loro compagna proprio lì. La corsa poteva aspettare.

Ma lei stava già cominciando ad accucciarsi e a respirare profondamente per far iniziare la muta.

"Vincerò," dichiarò.

"Vincerai cosa?" Andre si inginocchiò accanto a lei.

"Qualsiasi cosa ci sia da vincere. Il premio sarà interamente mio." Sorrise e si sfregò le mani, preparandosi.

Andre si sporse a baciarla. Come avrebbe potuto fare altro?

"Tocca a te." Lui era pronto a giocare.

Attesero che la muta fosse completa e poi partirono di corsa nel profondo dei boschi. Insieme, proprio come erano destinati a essere.

Em correva davanti a lui e Andre scattava per raggiungerla. Quando la superava, la sua compagna accelerava fino a quando non raggiungevano entrambi la loro massima velocità.

Non durò a lungo. Potevano correre a quelle velocità solo per un po', e la notte era lunga.

Ma la corsa non era l'unico gioco che Em sembrava intenzionata a intraprendere.

E Andre non glielo avrebbe detto, ma non importava

chi fosse il vincitore, lui aveva già il premio più grande. Aveva lei. E non l'avrebbe lasciata andare.

Rovesciò la testa all'indietro e ululò alla luna. Un attimo più tardi Em si unì a lui.

E in lontananza sentirono aggiungersi anche gli altri membri del branco.

Quello era tutto ciò che Andre fino a quel momento non aveva saputo di volere. Poi Em riprese a correre, e lui la inseguì.

Quella era la vita con la sua compagna. E non vedeva l'ora di scoprire cos'avrebbe riservato loro il futuro.

EPILOGO

Quando Em invitò Andre in studio, lui non poté rifiutare. Si era presa appositamente un po' di tempo anche se avevano ancora alcune settimane di tour, e stava usando uno dei suoi giorni liberi per registrare la canzone che aveva in testa.

Ci stava lavorando da un po'. E ogni volta che lui le chiedeva di parlarne, lei metteva via il quadernino su cui prendeva appunti senza dirgli neanche una parola.

All'inizio Andre si era anche un po' offeso. Ma si era reso conto che quella era solo una fase di un processo più lungo, di cui lei non voleva condividere nulla finché non fosse stata pronta.

E ora lo era, e gli avrebbe raccontato tutto.

Incontrarono il produttore e poi Andre fu invitato a prendere posto sul divano in fondo. Non sapeva esattamente cosa sarebbe successo.

La sua conoscenza di ciò che accadeva in uno studio

di registrazione si limitava per lo più agli speciali del canale VH1 e ai film. Ma in quel momento era tutto molto reale. Em prese una chitarra, provò alcuni accordi per il produttore e dopo qualche istante furono pronti per mettersi al lavoro.

Quando Em si mise a cantare, Andre rimase estasiato.

Parlò di oscurità, della notte, della luna e di magia. Erano tutte metafore per chi non sapeva come fossero le loro vite.

Ma lui stava ascoltando la storia di loro due, messa in parole che chiunque poteva sentire.

Era una canzone d'amore. La loro canzone d'amore. E se Em non avesse già posseduto interamente il suo cuore, lui glielo avrebbe regalato in quel momento.

I loro sguardi si allacciarono attraverso il vetro insonorizzato. Andre si alzò dal divano e si avvicinò per guardarla cantare.

Dopo il ritornello lei si interruppe e parlò di nuovo con il produttore. Poi si rivolse a lui.

"Cosa ne pensi?"

Andre sorrise. "L'adoro."

"Ha ancora bisogno di un po' di lavoro."

"Non vedo l'ora di vedere cosa ne farai."

Del suo cuore. Della sua vita. Perché ora erano insieme e stavano costruendo il loro personale tipo di magia. E non sarebbero tornati indietro.

Andre non vedeva l'ora di ascoltare la futura musica che insieme avrebbero creato.

———

Se ti è piaciuta questa lettura, per favore considera l'idea di lasciare una recensione.
La serie *Lo Sguardo del Lupo* continuerà con *Scontro di Magia*.

Ti piacerebbe leggere altri romance di Kate Rudolph? Iscriviti alla mia newsletter per avere notizie sulle nuove uscite, le offerte e molto altro!
Link: https://katerudolph.net/index.php/libri-in-italiano/

Esplora altri romance con mutaforma con la serie *L'Alfa derubato*:
Il Colpo
Nella Rete della Ladra
Nel Letto dell'Alfa

PROSSIME LETTURE

L'Alfa non cede ciò che è suo...

Nessuno ruba a Luke Torres. La sua fortezza è leggendaria e il suo branco di leoni è letale, pronto ad affrontare qualsiasi minaccia. Quando Luke conosce Mel, lei lo lascia senza fiato con un bacio rovente, ma quando si incontrano di nuovo si ritrovano carceriere e prigioniera in un micidiale scontro felino contro felino.

La ladra è all'altezza del compito...

Dal primo momento in cui Mel accetta l'incarico, sa che portarlo a termine è praticamente impossibile. Ma per la ladra più scaltra del mondo soprannaturale, una missione impossibile è una sfida irresistibile. Specialmente se la ricompensa per il lavoro svolta può portarla un passo più vicino alla vendetta. Quando le cose prendono una brutta piega, Mel si ritrova nella tana del leone ad affrontare l'uomo più attraente che abbia mai incontrato.

Un alfa, una ladra e l'avventura di una vita.

Leggilo ora!

Il Colpo

Nella Rete della Ladra

Nel Letto dell'Alfa

Scopri di più di Kate Rudolph su www.kateru-
dolph.net

A PROPOSITO DI KATE RUDOLPH

Kate Rudolph vive in Indiana, ed è una scrittrice di paranormal e sci-fi romance. I personaggi di cui adora scrivere sono eroine forti e toste, e uomini attraenti che se ne innamorano. Divora romanzi d'amore da quando era troppo giovane per leggerli e doveva nasconderli per evitare che qualcuno glieli portasse via. Non potrebbe immaginare un lavoro migliore al mondo che scrivere storie d'amore e condividerle con i suoi affezionati lettori.

Se ti è piaciuta questa lettura, per favore considera l'idea di lasciare una recensione.

www.ingramcontent.com/pod-product-compliance
Lightning Source LLC
Chambersburg PA
CBHW050838190726

48286CB00007B/2141